光耀日月辉箫

第一卷 初露锋芒

陈铖/著

CFP 中国电影出版社
2017 · 北京

图书在版编目（CIP）数据

光日辉月箫．第一卷．初露锋芒 / 陈铖著．—北京：中国电影出版社，2017.12

ISBN 978-7-106-04844-0

Ⅰ.①光…　Ⅱ.①陈…　Ⅲ.①长篇小说—中国—当代　Ⅳ.①I247.5

中国版本图书馆 CIP 数据核字（2017）第 306629 号

责任编辑：贾　茜
封面设计：盟诺文化
版式设计：吴凤利
责任校对：刘青帅
责任印制：庞敬峰

光日辉月箫　第一卷　初露锋芒
陈铖　著

出版发行　中国电影出版社（北京北三环东路 22 号）邮编 100013
电话：64296664（总编室）64216278（发行部）
64296742（读者服务部）E-mail：cfpygb@126.com
经　　销　新华书店
印　　刷　河北鸿祥信彩印刷有限公司
版　　次　2017 年 12 月第 1 版　2022 年 8 月第 3 次印刷
规　　格　开本 /880×1230 毫米　1/32
印张 /6.75　　字数 /142 千字

书　　号　ISBN 978-7-106-04844-0/I·1250
定　　价　39.00 元

Contents 目录

第1章　云雾迷蒙东林坡……1
第2章　如梦方醒化芥蒂……7
第3章　五星聚义齐抗敌……13
第4章　寒梅有情映苍雪……20
第5章　飞沙走石天地尘……27
第6章　袖里乾坤倾寰宇……35
第7章　亦幻亦真入股掌……42
第8章　年少气盛现刚强……48
第9章　铁骨铮铮好男儿……53
第10章　无情无义众亲离……60
第11章　移形换影悔中计……66
第12章　风云变幻波澜起……74
第13章　明月悠悠引往事……81
第14章　南下黄山过沧州……87
第15章　侠肝义胆闹李庄……93
第16章　巧施妙计除汉奸……100

第17章　百密一疏露踪迹……107
第18章　千钧一发显神技……113
第19章　神机妙算审黄衫……118
第20章　神风无影心起疑……126
第21章　将计就计反牵羊……134
第22章　刀光剑影舞日月……140
第23章　暗中鼎力助总兵……146
第24章　路见不平反为殃……153
第25章　风驰电掣起杀机……161
第26章　歪打正着捕苍狼……167
第27章　乍然惊现线索连……175
第28章　机变如神晓重光……181
第29章　打抱不平恶难当……187
第30章　日月星辉闯白虎……193
第31章　笑登极乐重现世……199
第32章　电光火石智脱身……205

第1章　云雾迷蒙东林坡

前方迷雾重重……

皎洁的月光照映在东林坡上。秋风萧瑟，一旁的枝叶簌簌作响。

楚庄云打了个寒噤，踏着沉重的步伐，一步一步踏上山阶，脸色凝重，似有所想。

“料得年年断肠处，明月夜，短松冈。”一阵低沉的吟诵声与昏暗的丛林互相映衬，显得格外凄凉。楚庄云终于踏上了最后一道台阶，眼前是一座小亭，经过岁月的历练和磨洗，小亭的四根支柱已经腐朽不堪，随着冷风“吱呀吱呀”地惨叫。亭中立有一人，背向楚庄云，只见那人头裹黄色方巾，身着同色长袍，背负一把古琴。即使东林坡晚上云雾迷蒙，楚庄云早已料到那人便是自己的大哥，楚门创始人、大公子——楚随云。

楚庄云轻叹了一声：“该来的，总会来啊……”说着缓缓向小亭迈去。楚随云听到了脚步声，心知来人是五弟，也不回头，轻声道：“五弟，别来无恙？”

楚庄云“嘿嘿”冷笑一道：“托大哥的福，小弟还未升天。”

楚随云生性温和，对于楚庄云这句话也毫不以为忤，只是干笑一声道：“五弟莫动肝火，我这次来是……”

“是来取我项上人头的。”楚庄云打断了楚随云的话语。

楚随云又干笑一声道：“五弟言重了。爹爹只想让你回去罢了，我们四个做哥哥的，也想念得你紧啊！还有娘，她老人家整日以泪洗面……”言语中自然而然地流露出了真挚的感情。

楚庄云紧闭了眼，“哼”了一声道：“只要爹爹不主动亲自认错，我就不回去！”几句话说得斩钉截铁。

楚随云缓缓转过头来，注视着楚庄云，无奈地说道：“爹爹素来高傲，亲自道歉是决计不会的了。”

楚庄云又冷笑几声道：“那么休想让我回去！除非你.....嘿嘿，动手吧！”

楚随云为难道：“五弟，真的要到这种地步吗？真的没有别的办法了吗？”

楚庄云道：“怎么，你不动手吗？那我可就走了。”说着果真转身准备离去。楚随云知道一旦让五弟走了，日后就再也找不到他了，只得大叫道：“五弟，如此得罪了！”话音未毕，左脚一点，右手一记“五丁开山”，击向楚庄云后背。楚庄云听闻有声音，知是大哥运功，身子一斜灵巧地避开了。楚随云一击不中，便又变招，双拳一记“怀中抱月”砸向楚庄云，口中道：“五弟，你还是跟我回去吧！”

楚庄云并不答话，右手暗运内力，向楚随云击去。楚随

云双拳中夹带了些许内力，但当他接触到楚庄云右手时，只觉得对方真气明显不足，心中纳罕道：五弟在我们五兄弟中内力最为深厚，今日怎的如此不济？手上力道却毫不懈怠。“啪”，楚庄云被击开丈许，直挺挺地摔在地上，口中沁出了鲜血。

楚随云忙上前去扶，搭住楚庄云脉搏，只觉得他脉象紊乱，气息不匀，惊道：“五弟，你受伤了？怎的不先告诉我一声？”

这时，从坡后转出两人，其中一个阴恻恻地道：“怎么受伤了？废话！他本来就被那些清凉寺的秃驴打得内脏受损。再加上你这么一打，岂有不吐血之理？”说着抽出随身的判官笔，疾点向楚随云“膻中”、“章门”二穴。楚随云赶忙向后一避，顺手解下了背后的古琴，在文弦疾点三下，一股内力通过琴音直扑向那人。那人挥笔格挡，却还是不由自主地向后退了一步，赞道：“好身手！好功夫！‘绿漪琴’果然名不虚传！”

楚随云初时听那人口音很熟悉，苦于记不起来是谁，这时突然恍然道：“你是湖南鹤笔门的大弟子、五弟的好朋友——‘入骨三分’姬元明少侠！”姬元明只是冷笑地看着他，并不接话。

趁着姬元明与楚随云打斗之际，另一人直奔向躺在地上昏迷未醒的楚庄云，从怀中掏出一个小瓷瓶，拔开塞子，从瓷瓶中倒出一粒药丸，塞入楚庄云口中。那人又将楚庄云扶将起来，自己也盘坐在地上，双掌抵在楚庄云后背的“灵台穴”上，暗运真气为楚庄云调息内力。

楚随云见来人主动为自己五弟疗伤，心中敌意去了大半，拱手道："那么那位就是'驱无常'——鄂雁清少侠了。"鄂雁清不答话，只是微微点头回礼。

姬元明向楚随云道："阁下长我们二十多岁，算是长辈。我们理应恭恭敬敬地才对。"楚随云忙道："不敢当。"又听见姬元明提高了音调："庄云与您是亲兄弟，为何您要下此毒手？"其实楚随云本不知道五弟本已身受重伤，他们五兄弟情同手足，若非今日形势迫不得已，楚随云说什么也不会与自己的亲弟弟动手。

这时楚庄云悠悠醒转，长吁了一口气，道："姬大哥，我大哥不是故意的。他本不知道我受了伤。"鄂雁清道："三弟，别说话！会走火入魔的。"

姬元明见楚随云打伤楚庄云是无心之过，胸中怒火不由得消了，抱拳行礼道："原来如此。前辈，姬元明在这里给您赔不是，请您恕罪则个。"楚随云本来就温润如玉，是个谦谦君子，也不去计较他人的过失，况且姬元明是担心庄云才与自己大打出手的，看得出他是个重情义的直爽汉子。心下十分欢喜，忙抱拳还礼道："好说好说。姬少侠过谦了。"

姬元明又向楚随云道："前辈宽厚待人，晚辈心中佩服得紧。只是庄云贤弟……请您高抬贵手，别再强行带他回去啦。"楚随云不禁微微摇摇头，道："姬少侠有所不知。五弟于六年前不辞而别，家里的人急得跟疯了似的。家严下令全部楚门中人去全国各地搜查。五年来，所有派出去的人都是一脸沮丧，空手而归。这次还好是我三弟机智，用了这么个法子将五弟引了出来。若是又将他放走。只怕……嗯……只

怕家严会很生气啊。”

姬元明又问：“庄云为何要离家出走呢？这其中有什么隐情吗？”楚随云摇了摇头：“唉，一言难尽啊。”当下便不再多说，只是摇头。

鄂雁清收了功，从地上缓缓坐了起来，轻声道：“既然前辈不肯吐露原因。那么我们是决计不会让庄云回去了。我们怕他没来由的受了侮辱。”楚随云忙忙挥手道：“不不不，二位少侠误会了。我们见到五弟后，高兴还来不及，又怎么会去打他、骂他呢？”姬元明与鄂雁清对视一眼，鄂雁清又道：“请前辈恕我无礼。前辈的一面之词，我和姬大哥并不能完全相信。若前辈所言句句属实，我们帮庄云，也是帮庄云一家完成了一件大好事。若前辈所言不尽不实，庄云受了什么委屈，我们做兄长的……心里可过意不去啊。”

楚随云气苦，他本就不善言辞，只是在一旁思索道：如果三弟在这里就好了，他足智多谋，一定可以想到办法的。只是……唉。楚庄云听闻大哥被反驳地瞠目结舌，心想：大哥仁厚待人，怎么会打诳语骗姬大哥和鄂二哥呢？要不是我真不想回去，我一定要帮大哥辩解几句。转而又想到了父亲：爹爹又老了吧？咳嗽还老犯吗？他老人家操劳政事太勤快了，甚至不惜以自己的身体为代价。而我……而我却还在这里耍孩子脾气，如此不孝……心头一动，决定回家看望父亲。

于是，楚庄云大声道：“姬大哥、鄂二哥，我大哥说的句句属实。我确实是私自从楚门中溜了出来。我……我当年耍了孩子脾气，一怒之下竟然不辞而别，害得家里人这么担心，我说什么也要回去给大家赔个不是……”听到这番言论，姬元明和鄂雁清傻眼了，他们知道楚随云不善言辞，若他们胡搅蛮缠一番，定可以让楚随云理屈词穷，然后不得已放了庄云，这样的话庄云就可以远走高飞，不再受楚门中人追捕之苦。没想到庄云竟然一下子“大彻大悟”，改变主意决定要回家了，这倒是二人所没有料到的。

楚随云听五弟亲口说出这番话来，高兴地眼前一黑，跌倒在地，口中兀自喃喃道：“好，好，好。”姬、鄂二人忙将他扶起，鄂雁清掐他人中，楚随云才醒转过来，猛然意识到自己有些失态，素来镇定的脸上掠过一丝红色，好在天黑、雾多，姬、鄂二人才没看见，他站起来向姬、鄂二人深深一躬道：“多谢二位少侠。”

姬元明叹一声道：“今天我们这个好人是做不成的啦。庄云，好生保重，只要你遇到困难，就随时来找我，做哥哥的就算为你上刀山、下火海也在所不辞。”鄂雁清幽幽道：“我也如此。”楚随云捋了捋面上的长髯，微笑道：“五弟，你交了两个绝世难逢的好朋友啊！”姬、鄂二人转身向楚随云鞠躬道：“前辈过奖了，晚生们就此告辞。”走到楚庄云面前，握住他的手道：“保重。”大踏步下坡去了。

望着二人在迷雾中逐渐消失的身影，楚庄云竟有些不舍。楚随云叹道：“光明磊落，真是两条好汉。后生可畏啊。”说完，搀扶起楚庄云，道：“五弟，走啦。”楚庄云低低地“嗯”了一声，二人也缓缓下坡去了。

茫茫大雾依旧浓郁，瑟瑟秋风依旧凛冽。坡上的树枝，仍旧在那里颤动，仿佛这里什么都没有发生过。

第2章 如梦方醒化芥蒂

这日，楚庄云的内伤已经痊愈，骑在马背上，屈指一数已过了十多日。这一天，楚庄云和楚随云已经到了河北境内的石门（今河北石家庄）。

楚庄云看着石门城内熙熙攘攘，客商和谐共处，巡城部队恪尽职守——好一幅太平盛世的画面！楚庄云感慨万千：当今圣上真是尧舜再世，勤于政事、恢复生产，真是一代明君啊！

二人出了石门，继续向前赶路，途经一片青葱的树林。楚庄云奔驰正疾，看见树林，不由得勒马，骏马是身高膘肥的良驹，一受羁勒，立时止步。楚随云也勒马道："五弟，怎么？"楚庄云望着树林道："大哥，我们能进去玩玩吗？"回过头来一脸乞求地望着楚随云。

楚随云低下头思索了一会儿，这才捋了捋胡须道："好吧。不过我们不能逗留太久……"楚庄云不等他说完就扬鞭打在马臀上，一溜烟地奔入林中。

树林里的枝叶茂密成荫，芳草散发着一股幽香，鸟儿到处叫。楚庄云只觉得心旷神怡，赞道：我原以为欧阳永叔所记的都是虚幻的，哪里想得到真有这样的美妙景观！楚随云也随后进入树林，环顾了一下四周，小心翼翼地道：“五弟，我总觉得这里有点不对劲啊……”楚庄云笑道：“大哥又疑神疑鬼了。你觉得哪里不对啊？”楚随云从马背上跳了下来，解下背后的“绿漪琴”，右手托琴，左手食指和大拇指紧紧扣住角弦，向楚庄云道：“这里这么美，又在平坦大路上，竟然没有一个游人，这难道不奇怪吗？”

楚随云的一番话彻底点醒了楚庄云，但他年少气盛，昂然道：“哼哼，我就不信还有什么阴谋诡计！”当下聚真气于丹田，大声道：“楚门楚庄云拜见各位！请各位快快现身！”清啸之下，犹如迅雷急泻数里。就连楚随云耳旁也是“嗡嗡”一响，眼前发晕，向后打了个趔趄，几欲摔倒，心中惊道：少林寺的“狮吼功”！五弟怎么偷学了少林寺的七十二绝技？

只见不远处一个人从大树上摔了下来，七窍流血，已然毙命。显然是内脏被震碎而死。

“突突突”，每棵树上都跃下一人，服饰都是清一色的绿色长衫长裤，头戴斗笠，背上都负有一个竹筐，每人手里都握有两柄短镰刀。居正中一老者手中执有一柄大铁铲，不断地怪笑：“呵呵呵！呵呵呵！”

楚庄云冷笑道：“哪里来的糟老头？”那老者勃然大怒道：“乳臭未干的黄毛小子！连我的名讳都没听说过，你还有脸在江湖混？赶快交出你的光日辉月箫，然后赶快滚蛋！”楚庄云大怒，正要反击，却被楚随云一把拦住。

楚随云行礼道：“阁下应是四川仙草教四大护教护法‘镰

铲钉锄’中的‘铲’——唐义雄老爷子吧！”那老者“哈哈”大笑道：“不错不错！你这小子眼光不差。不错，我就是唐义雄！”说完又是哈哈大笑。

唐义雄又道：“只要你们交出光日辉月箫，我就饶你们不死。”伸出手掌，催促道：“快！”忽地，唐义雄觉得手掌一阵刺痛，忙将手收缩回来，但为时已晚，手掌已被削下，手腕处血如涌泉。楚庄云手握光日辉月箫在一旁冷冷地发笑。“啊！”唐义雄痛得直接昏倒在地。众仙草教众慌成一片，纷纷上前搭救唐义雄。

楚随云忙拉着楚庄云跳上马背，道：“五弟快走！”扬鞭抽在马臀上，两匹马竟都软倒在地，口吐白沫，显是刚刚有人下毒。只听一个声音喝道：“就这么走了？”两股劲风随即而至，楚随云迅速在角弦和武弦连点两下，“啪啪”化解了这道凌厉的攻势。

一个男子站在二楚面前，衣着与唐义雄无异，面挂长须，只是斗笠的边缘挡住了他的面貌。他身后立着一柄石锄。楚随云拱手道：“原来是‘锄’——龙德兴兄弟。怪不得身手如此敏捷。”龙德兴面不改色地道：“大公子也不差。”

楚庄云不耐烦地对楚随云道：“大哥，你跟这些人讲什么废话！”转身对龙德兴道：“你们不是要光日辉月箫吗？有种来拿啊！”说着扬了扬手中的玉箫。

龙德兴冷笑一声道：“哼，乳臭未干的小毛孩子。你就从来没想过江湖人偏要抢夺你手中这玉箫的原因么？”

楚庄云也是冷笑一声：“哼，你们这群‘有头有脸’的江湖中人心中所装的不过全是你们的杂欲罢了！我又何苦自费时间来思考你们的那些污秽的心灵所想的杂七杂八的私欲呢？”言罢便潇洒地将长袍整理一下，又道：“你们尽管来吧！”

龙德兴仍旧面不改色地道：“好！这是你自找的！”话音未毕，双手攻向楚庄云，一套陇西毒掌施展开来。楚庄云也以肉掌还击，左掌猛地击向龙德兴头顶的“百会穴”。龙德兴拆解后大声道：“好！少林大力金刚掌！”当下变招又攻向楚庄云，楚庄云也频频变招还击。

楚随云扣住宫弦，等待时机给予龙德兴致命一击，好伺机脱身。不料龙德兴先开口说道：“楚门中人都是以多敌少，专靠偷袭取胜的人吗？”楚随云见意图已被他人识破，脸上一红，松开琴弦在一旁静观其变。

楚庄云少年人易心浮气躁，不一会儿就沉不住气，忽然看见唐义雄躺在地上，身旁只有几个仙草教众。心中灵机一动，施展身法忽地闪到唐义雄前，“呼呼呼呼”打倒周围的仙草教众，一把抓过唐义雄的衣领。这一变故太快，待龙德兴反应过来时，唐义雄已被楚庄云抓住。仙草教众纷纷呵斥，急急抢出。不料楚庄云将玉箫放在唐义雄脖颈，大声道：“你们要他活，还是要他死？”众人这才止步。

楚随云低声道：“五弟，真有你的！”二人在唐义雄的“掩护”下一步一步挪出树林，仙草教众人一步步跟上，但丝毫不敢太靠近。到了树林出口，楚庄云将唐义雄一掷，笑道：“接好了！”快步与楚随云离开了。仙草教众人望尘莫及。

二楚不敢再停留片刻，走路只拣小路走。天色已晚之时，二人已到了京城。

望着一切都既熟悉又陌生的京城，楚庄云的心头有说不出苦楚和愧疚。楚随云捋了捋胡须，笑道："五弟，你还记得去楚门的路吗？"楚庄云苦笑一声道："怎么会忘记呢？"当下用布条蒙住自己的眼睛，按着旧时的记忆走在前面，楚随云则笑吟吟地跟在他身后。

六年，京城一点也没变。当楚庄云解开布条时，映入他眼帘的是久违的楚门朱红色大门。一对石狮子依旧伫立在门前，但经过岁月的洗礼已经略显破旧。楚庄云走到门前，略微迟疑了一下，最终还是叩了叩大门"笃笃笃"。

"吱嘎"一声，门开了，一个下人看到了楚庄云，不禁惊得将要大声呼喊出来。楚庄云用食指抵住自己的嘴唇，示意他不可作声，与楚随云进入院中。

楚随云道："五弟，你现在就去见爹爹吗？"楚庄云嗫嚅道："这……这……我……我……"楚随云一把拉过楚庄云道："紧张啥啊？快来！"径直拉着他走到一间阁前，只见上面写着"千古流芳"四个大字。

楚门五位公子的父亲便是当朝首辅——楚谦华。楚谦华兢兢业业地工作，尽心尽力地辅佐当朝天子——朱祐樘。

楚庄云轻轻点破了窗纸，看见父亲仍在处理大小公文。透过微弱的光，楚庄云清晰地看见父亲的头发已经半白，皱纹也已经悄悄爬上父亲额头——父亲老了！

楚随云推开房门，将楚庄云推进房间内，自己则悄悄退开。楚庄云先是莫名其妙地被大哥推进房间，望着一脸惊异的父亲，眼眶模糊起来，真挚地喊了一声："爹！"楚谦华惊呆了，只是木然地回应"唉"。楚庄云上前一步搂住父亲的脖子抽泣道："不孝孩儿庄云回来了！"楚谦华这才反应过来，老泪纵横道："好孩子，好孩子。回来就好，回来就好！"紧紧地搂住五儿。

这时，一位老妇人急急地奔来，一把抱住庄云，又是抚摸，又是爱怜地亲吻，原来是楚门五公子的母亲骆氏。楚庄云呼道："母亲，不孝孩儿回来了！"骆氏只是哭泣。楚谦华也抱住楚庄云，高兴地哭了起来。

楚随云在门外捻着胡须，欣慰地道："一笑泯恩仇，一泣化芥蒂。甚好，甚好啊！"

（P.S.楚门五位公子的父亲楚谦华，历史上并无其人，更不是弘治年间的首辅。但因本书是小说，不便过于遵循史实。在此希望各位读者原谅不才的杜撰。）

第3章 五星聚义齐抗敌

此时正是明弘治十六年正月十四日，楚庄云蹦蹦跳跳地跑到大哥楚随云的房门前，敲了敲门大声道："大哥，大哥！你在吗？"楚随云"吱呀"一声开了门，睡眼蒙胧地道："现在什么时辰啊？"楚庄云笑嘻嘻地道："回大哥，现在是卯时。"楚随云揉了揉双眼道："五弟你这么早起来干什么啊？"

楚庄云一把拉住楚随云道："好大哥，你陪我出去玩吧。"楚随云望了望还未完全升起的太阳，又望了望自己的榻位，赔笑道："好五弟，你让我再睡一会儿吧。"说完又扑到榻上，呼呼地睡着了。

楚庄云无可奈何地看了看大哥，心想道：大哥这几天为了看着我可累坏了。确实应该让他休息休息了。轻轻地将房门关上，独自一人出门去了。楚庄云绕京城转了两圈，倒没有遇上什么新鲜事儿，于是他决定出城。

但是"禁城令"的解除时间是在辰时，距现在还有一个半时辰。楚庄云嘀咕道："真无聊……怎么办才好呢？"昨夜楚庄云化解了心头最大的一件事，只觉得神清气爽，如释重负。望着城墙上来回巡逻的士兵，楚庄云童心顿起，走上城墙，询问其中一个士兵道：“这位大哥，可否告知你们队的大哥是谁？现在在哪里？”说着往那士兵的手里放了一小锭银子。

当兵的大都是穷苦农民，见到这白花花的银子，顿时两眼放光，连声道：“这位小哥，实话说了吧，我们队长叫崇顺泽，但他最近因为生病了没来。不过他家住在城东，你要有什么要紧的事可以去寻他。”楚庄云道谢离开了。

随即他来到城的另一边，潜伏在一旁趁机点了一个士兵的睡穴，将他的盔甲解了下来，又趁没人注意的时候将盔甲扔下城墙，掐细了嗓子大声道：“来人啊！有人坠楼了！”说完匆匆混入人群中。

人命关天，众士兵忙打开城门前去查看。城内人群蜂拥而出，楚庄云在人群中一边讪笑，一边扬长而去。楚庄云信步来到一片空旷的平原中，躺在草地上，闻着这沁人心脾的淡淡幽香，望着蓝天白云，心里觉得舒服极了。

忽然，哨声四起，只听一阵嘈杂的声音道：“这小子在这儿！别又让他跑了！”楚庄云纳罕道：怎么这么快就知道是我捣乱啊？为什么要加一个“又”字？正当他要起来的时候，“嗖嗖嗖”三枚毒蒺藜已然攻到，分打楚庄云“眉心穴”、“巨厥穴”、“关元穴”，意欲置他于死地。楚庄云不由得怒火中烧，心道：我与你们无冤无仇，不就是捣个乱嘛！为何出手如此狠毒！当下挥舞着玉箫“突突突”地将三枚毒蒺藜砸开。

周围忽然聚满了人：高的、矮的、胖的、瘦的、俊的、

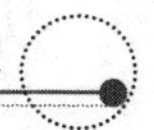

丑的……“哗啦啦”地将楚庄云围在正中心。楚庄云这才意识到：这不是官府，而是武林中人，至于目的嘛，自然是自己手中的光日辉月箫了。

只听见正中央的一个人说道：“喂！楚老五！快快交出箫来，我答应饶你不死！”楚庄云斜着眼睛看那人道：“你是哪根葱？”那人倒也颇沉得住气道：“我不是葱。我是昆仑派的灵珠上人。”“噢？灵珠上人啊——没听说过。”楚庄云摇摇头道。

那灵珠上人定力极好，只是道：“快交出来！”楚庄云道：“别伸手哦。那个什么四川什么小鸟教的那个叫什么唐义‘熊’的就被我削下了一只熊掌。你灵‘猪’上人别被我削下一只猪蹄啊！”他故意把“仙草教”说成“小鸟教”，把“熊”和“猪”两个字音拖得特别长。

人群中就有人是仙草教的，他们顿时大骂起来：“你个小孩懂什么！给大爷我滚！”“你使歪门邪道削下唐护法的手掌，还有脸说。真不害臊！”“最后还不是你用诡计方才脱身。要不龙护法早就把你的两只手掌砍下来了！”

楚庄云也不一一反驳，只是装腔作势道：“呀呀呀！灵‘猪’道长，这‘小鸟教’果然名不虚传！一群小鸟一直在‘叽叽喳喳’地乱叫，你听！真好听啊！”灵珠上人是这次行动的领头，只见他板着脸呵斥道：“仙草教的各位，请住口！”仙草教众才渐渐平息下来。

灵珠上人挺剑道：“得罪了！”一招昆仑十八盘中的“天高云淡”直刺向楚庄云小腹。楚庄云淡淡一笑道：“来得好！”用昆仑十八盘的“紫气东来”破了灵珠上人的“天高云淡”。

灵珠上人忙撤剑道："嗯？你怎么会用'昆仑十八盘'？尊师是哪一位？"楚庄云搬出一副长辈教训晚辈的口气道："我师父说了：'不要把我的名讳告诉晚生小辈。'所以对不起，我不能把我师父的名讳告诉你。"言外之意就是将灵珠上人当作自己的晚辈。

其实灵珠上人已有五十多岁，楚庄云却连二十还没到。灵珠上人只是"哼"了一声，又抢攻上来，楚庄云却不慌不忙地将灵珠上人的剑招一一化解，嘴上依旧谈笑风生。灵珠上人的脸色却是越来越难看，额头上渗出了密密的汗珠，心道：连个黄毛小子都敌不过，我还有什么脸面去见世人！手上的剑招愈来愈凌厉，而楚庄云仍旧一边漫不经心地化解剑招，一边喃喃不休地调侃灵珠上人。

群豪见灵珠上人战不下楚庄云，只听一个细声细气的声音道："大家一起攻上去！"群豪纷纷抽出兵刃抢上前去助战。

只听见东首一人冷冷地道："以多欺少，也算英雄好汉？"一阵尘土席卷而来。楚庄云惊喜地大叫道："四哥！"群豪被尘土蒙住眼睛，待那人靠近，才看见那人头裹土色方巾，身着同色战袍，背上负有一对钢棍，手握一柄利剑，正是楚行云。

正当群豪都相顾惊愕时，西首突然乱成一片，一个身着浅蓝色轻护甲的人骑在一匹马上，手握一柄铁戟，杀进群豪中，口中大呼道："五弟莫怕！"楚庄云又是惊呼道："三哥也来了！"来人正是楚冰云。

原来二人匆匆赶回京城，忽然看到一群人围在平原上，远远还能听到打斗斥骂声，急忙施展轻功上树察看，两人看

到原来是五弟被群豪围在中间，都是又惊又怒，忙现身搭救。楚行云施展“天地尘”的功夫连伤数名群豪，而楚冰云也不是泛泛之辈。一挫之下，群豪一片混乱，有些私底下有仇的趁机互相打几拳以泄私愤。

灵珠上人忙呼喝道：“大家都别慌！他们才三个人！我们人多别害怕！”话音刚落，只听“唰”的一声，楚庄云又攻向灵珠上人，周围几个稍微冷静机智一点的人连忙与灵珠上人联手攻向楚庄云。

几个年纪稍大的江湖前辈纷纷截住楚冰云和楚行云，其余人这才回过神来加入战斗。场上形势又一次偏向群豪这一边。

只听见一阵肃杀的琴音倾泻而来，只震得各人耳边“嗡嗡”响。三楚不约而同地叫道：“大哥！”“嗡——嗡——噔噔，噔噔噔噔——”又是一阵鼓舞人心的曲子远远传来，三楚各自抖擞精神，奋勇抗敌。

“楚随云拜见各位！”楚随云左手托“绿漪琴”，右手叩弦，又伤了几名群豪中人。

远处，一道烟火直冲云霄，在云端炸开，形成一片巨大的火焰状，群豪又是一惊，只见一道火舌烧过青草直奔向群豪，速度之快，举世罕见，不一会儿就奔到众人面前。“呜哇——呜哇——”群豪中有不少人被烧伤，纷纷在地上打滚救火。一个身着炽红色西域服饰的人急急奔来，却不是楚流云是谁？

楚随云仰天长笑道：“好！没想到我们五人是在这里相聚！”不一会儿，楚流云已奔入人圈子来，道：“我来迟了！”

抱了抱楚庄云道："五弟好久不见。"楚庄云真挚地道："二哥！"楚冰云道："师父曾教授我们'五星阵'让我们共同御敌。今日让他们见识一下！"四楚轰然叫好。

当下楚随云居东方，镇木位；楚流云居南方，镇火位；楚冰云居北方，镇水位；楚行云居西方，镇金位；楚庄云居正中，镇土位。五人同气连枝，如有一人来犯，由首当其冲者抵御，其余四人运功给那人，威不可当。

灵珠上人见群豪频频失利，急红了眼，大吼一声，施展轻功从天而降，要将中间的楚庄云打个措手不及，没成想其余四人内力都聚楚庄云于一身，楚庄云挥舞着玉箫，一招昆仑十八盘的"一鸣冲天"直攻向灵珠上人，玉箫透过灵珠上人胸前，鲜血涔涔。灵珠上人撕心裂肺地大叫一声，就此毙命。

灵珠上人一死，群豪登时群龙无首，纷纷四散逃开。平原上的人霎时退得干干净净。

兄弟五人站起身来，都赞庄云厉害，楚庄云谦逊几句，又与众位兄长拉起了家常。五人边走边聊。等靠近城门时，一位公公右手执浮尘快步走来道："楚庄云接旨！"楚庄云忙跪了下去。

只听那位公公道："奉天承运皇帝诏曰：楚庄云智勇双全，特召其进宫。钦此！"楚庄云双手呈上道："臣领旨。"又听那位公公细声细气道："五公子，这次你不知哪里修来的福气，颇受圣上青睐，可要好好在皇帝面前表现啊。"楚庄云道："一定不负公公的厚望。"那公公笑着点了点头，领着侍卫又快步离去了。

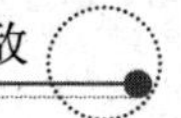

楚庄云突然回头，好奇地问道："唉对了，二哥您怎么这么老远地回来了？还有，三哥四哥你们俩怎么在一起？"楚冰云笑了笑。说道："五弟，事情的经过是这样的……"

第4章 寒梅有情映苍雪

天山山脉，云天府外。

一个身着炽红色西域服饰的人踏雪来到云天府大门前，此人头裹红色方巾，背上负有一袋羽箭和一把制工精良的弯弓，弓弦透明精细，便是由天山特产——冰蚕丝所制成的；手中执有一柄长杖，右腰间佩有一白玉，上面有一个淡淡的“流”字。

那人走到云天府朱红的大门前，微微一笑，握住门把手轻轻叩了几下，等待府中下人开门。“吱嘎”一声，大门缓缓向后展开，一个面黄肌瘦弱不禁风书生模样的人扶住两旁的大门，微笑地看着来人，口中道：“流云大哥回来了。”先前那人“呀”地惊出了声，将长杖抛在地上，双手忙扶住开门那人的双肩，感激地道：“志远贤弟，这么晚了怎么还不休息？那群下人呢？我一定要重重责罚他们才是。”

那“志远贤弟”笑道：“大哥莫生气，是我要他们先去休息的。流云大哥，天色不早了，赶紧更衣沐浴早早休息吧，一路辛苦啦！”那人方才松开双手，拾起长杖，走入

府中。

那人便是楚门二公子——楚流云，那“志远贤弟”是楚流云的知心好友——南宫志远。

楚流云边走边向南宫志远道：“志远贤弟这么晚还不睡，又是因为你观星象算出了我归来的时日吧。”南宫志远笑道：“小弟拙技，不敢在流云大哥面前献丑。”楚流云也笑道：“怎么敢说得上是拙技呢？志远贤弟这观星的神技，恐怕只有古时的诸葛孔明先生才及得上。”南宫志远作揖道：“流云大哥谬赞了。”说罢，二人不约而同地笑了起来。

楚流云沐浴更衣后，径自走到了大厅内，发觉南宫志远仍坐在椅子上看书。楚流云走近一看，原来是一本《易经》。南宫志远见楚流云到来，连忙放下《易经》，抱拳行礼道：“流云大哥怎么还不歇息？”楚流云“呵呵”一笑，反问道：“志远贤弟为何也不休息呢？”

南宫志远又将《易经》抱在手中，道：“《象》曰：‘天行健，君子以自强不息。’”楚流云听他表面上诵读《易经》内容，心中已明白他暗意是指：君子应不停地奋斗下去，我也要不停地读书汲取古人的智慧。当下也不打扰他，只是静静地坐在一旁。

南宫志远见楚流云坐在一旁，不禁停止读书询问道：“我观大哥你面有喜色，不知是何缘故？”楚流云心底下暗暗赞叹：此人聪慧至极，竟然可以通过人面部微妙的变化而推出人内部的心理。遂道：“贤弟猜得不错。我五弟楚庄云六年前出走，一直杳无音讯，我们这六年来对他想念的紧。”顿了顿又道：“最近我三弟楚冰云出有一策，设计将五弟引到东林坡，现下我大哥楚随云已去东林坡，想必在元宵节时就可以到达楚门。想到这里，我内心实在按捺不住喜悦啊！”说完长长吐出一口气，将背靠在椅背上。

南宫志远点头道：“这确实是一件值得高兴的大事。”楚随云道：“明日我便动身启程去楚门。只是……”南宫志远道：“大哥是怕云天府无人照看么？无妨，我会一直待在这里的。”楚流云这才放心道：“甚好。贤弟你为人精明能干，在下人中又有威信。让你当家，我最放心不过了。”

南宫志远起身向楚流云抱拳，转身出了大厅。楚流云也站起身，信步走到后院中，他望了望渐渐下沉的朗月和明星，心中不禁感叹道：时间过得真快，一天又要过去了！不知不觉走到一株寒梅前，只见一朵朵寒梅伫立在枝头。楚流云不由得看得痴了。

一片雪花飘落下来，落在楚流云的头顶，登时化为一滴水，楚流云才惊觉，抬头轻声道：“又下雪了。”

天山雪急而骤，只一会儿云天府后花园中就铺上了一层银装素裹的“地毯”。楚流云看着白雪皑皑的地面上有一抹迷人的红，才意识到是梅花照映在白雪上——寒梅映雪。

突然，一阵急促的敲门声传入楚流云耳中。楚流云不禁暗暗皱眉，心中恼道：谁啊？真没有礼数。一闪身来到大门前，“吱嘎”一声打开了朱红色的大门。一个身影猛地扑了上来，叫道：“二哥！想煞小弟了！”楚流云定睛一看，只见那人：身着一袭天蓝色轻护甲，头裹蓝色方巾，面色俊朗，背后背有一对镔铁短戟，左腰上悬挂着一蓝印，右腰佩有一黑玉，玉上有一淡淡的“冰”字。

“三弟啊！你搞什么，这么慌张？”楚流云笑骂道。楚冰云只是“嘻嘻”一笑，并不生气。这时，南宫志远也听到声响，忙迎了出来，道：“冰云贤弟你好。”楚冰云问楚流云道：“二哥，这位兄长是……”楚流云郑重介绍道：“三弟，这位就是我以前常提起的南宫志远贤弟。他聪明机智，可不弱于你哦。”楚冰云顿时肃然起敬道：“哦，原来是南宫大哥，总听二哥提及你。幸会幸会。”伸手握住南宫志远的双手，暗运内力。忽听到南宫志远“啊”一声大叫，随即向后跌去，一张惨白的脸变得更加苍白。楚流云和楚冰云双双抢上前去扶起南宫志远，只看见南宫志远不住地大口地喘着粗气。

楚流云责备道：“三弟你干什么！”楚冰云一脸歉然地道：“对不起，南宫大哥。我真的不知道你一点儿也不会武功。”南宫志远摇摇头，微笑道：“无碍，不知者当无罪。”说着，缓缓站起身来。

楚流云道：“志远贤弟有一项举世无双的技能，那便是‘观星’了。”楚冰云“噢”了一声，拱手向南宫志远道：“佩服佩服。南宫大哥比我聪慧多了。”楚流云猛地拍了一下脑门，歉笑道：“我这主人当得很失败啊，竟然让客人在外面待了这么久。三弟，快扶着志远贤弟进屋去吧。”

三人进了客厅入座后，楚流云询问道：“三弟，你这次千里迢迢赶来，可是有什么急事吗？”楚冰云道：“不瞒二哥和南宫大哥，我这次来是来告诉二位：大哥成功接到五弟啦！大哥还飞鸽传书急令我们赶快赶回去。”楚流云和南宫志远相视一笑，楚流云道：“我早已拟定明日出发啦！”楚冰云先是一呆，随后笑道：“二哥真是神机妙算啊！”又向南宫志远道："南宫大哥你占星奇准，不如也随我们走吧。"楚流云也随声附和道："是啊是啊！志远贤弟，你就和我们一起吧！"

南宫志远连连摆手摇头道："贤弟莫取笑愚兄了。我武功低微，一点拙技只会贻笑大方，却如何帮得了你们？所以我跟在你们身边，只是一个包袱，徒给你们增添麻烦，我看还是罢了吧！"

楚流云正色道："贤弟切莫妄自菲薄。你料事如神，非但不是我们的包袱，反而还是我们的得力帮手呢！"楚冰云跟着点了点头，两眼乞求地望着南宫志远。南宫志远皱了皱眉头，这才道："好吧。只要你们不嫌弃我就是。"楚冰云忙笑道："我们怎么会嫌弃大哥你呢？你这种特殊性人才，我们求之不得呢！"楚流云微笑表示赞同。

南宫志远起身道："如此我这就命吴梓为管家，让他照看云天府。顺便收拾收拾行李。"走出了大厅。

楚流云望着窗外，鹅毛大雪徐徐落下，忽然想起了后院的寒梅，便转向楚冰云道："三弟啊，我后院中有一奇观，你倒猜猜看？"楚冰云微微加以思索，缓缓道："天山气候寒冷，当下季节只适合梅花生长，现在又下着大雪。想必是'寒梅映雪'了。"楚流云不禁翘起大拇指，赞道："好！不愧为楚门智囊！"楚冰云面带微笑，缓缓地站起道："那么劳烦二哥带我前去一睹传说中'寒梅映雪'的风采了。"楚流云也站起身，乐呵呵地将楚冰云带到那一株寒梅前。

寒梅依旧傲立在枝头，在白雪的天地中如一把鲜艳的火。楚冰云一看，心中大喜：果然是一大奇观！望着白皑皑

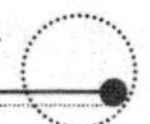

的雪地上有几抹红艳，显得十分雅致。寒梅映雪，构成一幅和谐的画面，一道优雅的风景线，二人都沉浸在这画卷中，忘却了自我。

霎时，一个黑影闪入庭中，一剑“暗香疏影”直取楚流云后心。

眼见楚流云即将身负重伤，一个瘦弱的身躯猛地挡在楚流云背后，黑衣人见有人突然挡在面前，剑锋稍偏，刺向那人的右肩，想让他知难而退，没想到那人反而更向前了一步。“嗤——”剑尖已进入那人右肩头，一滴滴鲜红的血从肩上滴落，染红了白雪，形成斑斑梅花的形状。

听到剑入肉躯的声音，二楚才回过神来，向后望去，见一个人已经受伤坐倒在地下，除了南宫志远还能是谁。

楚流云又惊又怒，右手执他的独门武器“鎏火杖”，施展出疯魔杖法击向黑衣人天灵盖，黑衣人忙挥剑格挡。此时，楚冰云也已祭好手中的“悬泉印”，盖向黑衣人，黑衣人猝不及防，被悬泉印击中，晕了过去。

楚流云一个箭步冲了上去，不等楚冰云叫道：“二哥，杖下留人……”就用杖尾重重地杵向黑衣人。“唔”黑衣人闷哼一声，就此死去。楚流云又用脚尖将黑衣人尸首挑开。忙回转过来扶起身受重伤、已然昏厥的南宫志远，楚冰云也赶忙来查看伤势。

南宫志远武功底子薄，加之其身材瘦小，这一剑虽然不足以致命，却也使其身受重伤。一滴滴殷红的血缓缓从他肩头沁出。

楚流云垂泪道：“志远贤弟……你为何……为何如此不

爱惜自己啊……”南宫志远苍白的脸上流露出一丝笑容：“因……因为……我们是好兄弟啊……”楚冰云将头别了过去，也是眼中噙泪。

楚流云硬生生地收住了眼泪，轻声道：“你好好休息，莫伤了元气。”南宫志远微微点了点头道：“那人使的是天剑门的‘暗香疏影’，来人是天剑门的。”说完缓缓闭上了眼睛。

天剑门？楚流云心中疑惑道：楚门跟他们一点梁子也没有啊！

楚流云抬头向楚冰云道：“三弟，我明儿不走了。”楚冰云点了点头：“二哥理应陪着南宫大哥。”楚流云轻轻托起南宫志远的身子，道：“但五弟一事也是刻不容缓。这样吧，三弟你先去找四弟。我随后就赶到。”楚冰云又点了点头表示赞同。

楚流云又缓缓道：“三弟一路上小心。元宵佳节时我们共会楚门。”慢慢转过身子，一步一步走回大厅。楚冰云顺着二哥的方向，看见了一列鲜血在雪中印出了梅花的样子，映在雪上。

楚冰云闭上了眼睛，感叹道：这才是真正的“寒梅映雪”啊！转身跃到后院墙头，回头再瞥了一眼，脚下发力又消失在风雪之中。

第5章 飞沙走石天地尘

话说楚冰云一路急奔，丝毫不敢怠慢，只七日就奔至华山脚下。

这时离元宵节仍有七日之久，楚冰云松了口气，挥袖拭去了额头上豆粒般大的汗珠。

华山脚下风景优美，是四方游客心驰神往的旅游宝地，是以华山山脚下游人众多。楚冰云无奈地望着人山人海、摩肩接踵的游客，心忖道：四弟隐居于西岳，楚门中除了爹爹妈妈和我们几兄弟外，连大哥亲授弟子都毫不知晓，更别提江湖人士了。现在游人众多，我贸然前去寻四弟，未免有些不妥。不如戌时再来。转身进城进了一家酒楼。

楚冰云右脚刚跨进酒楼门槛，迎面就扑来一阵劲风，只觉胸腔微窒。二话不说抽出背上两柄短戟，左手一横，抵住劲风，右手跟着向前刺去，将一股劲风化解得无影无踪。倏忽间，三股劲风又急速涌向楚冰云，楚冰云右手腕一翻，将右手上短戟反转过来握在手中，向左一扫，一道寒冷刺骨的内力随戟而发。

楚冰云内力与三股劲风相撞，只听见“嘭嘭嘭”三声，三股劲风登时化为无形。此时，又有三柄铁剑分刺向楚冰云脖颈、小腹、大腿。楚冰云不由得大怒，心想：我们素不相识，你们招呼也不打一声就动手打人，还意欲伤我性命。当真欺我楚门无能人乎！左手铁戟向中间那柄剑一挑，随即右脚踢向右首那人腰间的“志室穴”，同时将右手反握着的铁戟掷向左首那人腹中部的“商曲穴”。

只听见“当啷”一声，中间那人的剑已经折为两段；右首那人“哼”了一声，被楚冰云一脚踢翻在地，趴在地下不起来了；左首那人惨叫一声：“啊！”一柄铁戟已经透胸而过，那人“扑通”倒在地上，已然气绝。

楚冰云左手铁戟直砸向中间那人天灵盖，“喀喇”一声，中间那人一声也没哼，倒地而毙。右首那人依旧伏在地上，一动也不动，楚冰云收好铁戟，蹲在那人身边伸出左手拍在那人后背，那人便哼哼唧唧地坐了起来。

楚冰云伸手扣住那人脉门，问道：“老实交代，为何意欲伤我？”双眼仿佛射出两道利剑，使那人不敢正视他的脸。只听那人支支吾吾地道：“小……小的只是受人差遣，什么……什么都不……不知道……”

“什么——都不知道？”楚冰云厉声问道，手上力道又增一分。那人吃痛，“哎哟”一声叫了出来，随即又向楚冰云讨饶道：“大……大爷饶命啊！小的真的什么都不知道啊！”楚冰云见他说得诚恳，将手一松，站起来喝道：“今天饶了你。还不快滚！”那人“咚咚咚”在地上连磕三个头，边叫道：“多谢大爷饶命。”连滚带爬地出了酒店。

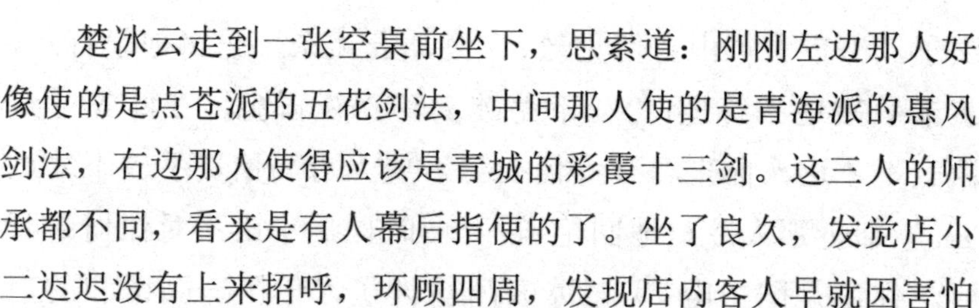

楚冰云走到一张空桌前坐下，思索道：刚刚左边那人好像使的是点苍派的五花剑法，中间那人使的是青海派的惠风剑法，右边那人使得应该是青城的彩霞十三剑。这三人的师承都不同，看来是有人幕后指使的了。坐了良久，发觉店小二迟迟没有上来招呼，环顾四周，发现店内客人早就因害怕而走光了，店小二躲在厨房中不敢出来，掌柜的也不知道去了哪里。

楚冰云大呼道："小二，小二！快上酒，切一碗卤牛肉。还有别忘了给我准备一间上房！"店小二这才将脑袋缓缓地探了出来，见恶人已走，松了一口气回应道："好的！请爷台稍候片刻。"

不一会儿，酒和肉都端了上来。楚冰云从怀里摸出一大锭银子放在桌子上道："这是房饭钱。"又拿出一锭小银子塞给店小二道："小二哥，这两具尸体你就给埋了吧。这是一点小费，千万别惊动了官府。"店小二连连笑着点头道："嘿嘿，多谢爷台。小的一定遵照爷的吩咐。"转身埋尸首去了。

楚冰云独自小酌一番，就到客房休息去了，等待戌时的到来。

待到了戌时，天色已晚，楚冰云走出酒楼，又来到华山山脚，游人和商人都已散去，山脚下一片寂静，只听得见风在轻轻吹拂。楚冰云活动了一下筋骨，脚下发力一闪身上了华山，楚冰云只觉得两耳旁的风很大，两侧的风景飞一般地向后奔去。行不多远，一道关卡映入楚冰云眼里，楚冰云正待放轻脚步，掩人耳目悄悄绕过关卡。

不料，楚冰云还未准备好，就听到一人喝问道："兀那汉子，深夜上华山有何见教？”楚冰云无奈，只得抱拳行礼，恭恭敬敬地回答道：“在下楚冰云，深夜冒犯，在此先行致歉。不才这次前来乃有重任在身，望大哥高抬贵手放不才过去。”却听那人冷冷地回绝道：“酉时以后华山不对任何人开放。你还是回去吧！”楚冰云耐着性子，仍用一副谦和的口气祈求道：“俗话说得好：‘与人方便与己方便’。还是请大哥放我过去吧。”那人不耐烦道：“我说不让就是不让！啰里啰唆的，赶快下山去吧！”

楚冰云再也按捺不住胸中的怒火，大声道：“如此便得罪了！”抽出铁戟，猛奔向关卡。那人冷笑一声，顺手抽出长剑，一套彩云剑法施展开来，刺向楚冰云面门。

楚冰云这才看清那人面庞：一张脸上满是络腮胡，两双眼睛恶狠狠地盯着自己，衣着朴素。楚冰云认识这个人是华山大弟子——“无情刃”赵公旺。

赵公旺一招“回风拂柳”削向楚冰云面门。楚冰云左戟斜刺，右戟格挡。“当啷”一声蹭出了火花。赵公旺忙向后退了几步，心道：早就听说楚老三智勇兼备，今日交锋果然不错。又将剑锋一转一招“有凤来仪”斜刺向楚冰云右腰，楚冰云忙施展出自创的“奉先十八戟”，“奉先十八戟”是楚冰云根据三国时期吕奉先的戟法总结归纳出的一套短戟武功。

果然，赵公旺登时手足无措。就在这千钧一发的时刻，一人大呼道：“休伤我兄长！”随即一柄长剑斜刺向楚冰云，楚冰云左脚一蹬，向后飞了出去落在不远处，见来人是个眉清目秀，面色俊朗的少侠，楚冰云确信这便是赵公旺的亲弟

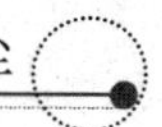

弟——“有心剑”赵公兴。

赵公兴一只手扶住赵公旺，另一只手行礼道：“三公子夜上我华山有何贵干？”楚冰云还礼道：“一点私事，不才只在山中逗留一会儿就下山。请二位高抬贵手放我过关。”赵公兴回道：“三公子不肯吐露上山意图，那我们兄弟俩斗胆，无论如何也不放公子过去。”楚冰云无言，只是低着头措辞。

突然一阵声音从二赵身后传来：“偏要闯闯你这华山！”猛地飞沙走石，大地仿佛都在颤动。二赵忙向后看，两道尘土直击向二人面庞。“噗噗”两声，二人“人中穴”被打中，“嘭嘭”倒地。

一个人手持利剑从黑暗中缓缓走出。楚冰云惊喜交加，叫道：“四弟！原来是你！”

那人头裹土色方巾，身着同色战袍，眉似卧蚕，唇如红脂；左腰上佩有一黄玉，玉上一个淡淡的“行”字；背上负有两截钢棍。这不是楚门四公子——楚行云是谁？

楚冰云微笑地对楚行云道：“四弟，武艺又长进啦！这‘天地尘’的功夫，你是不是又练成了一层啊？在此先恭喜啦！”楚行云将剑插回剑鞘，回道：“三哥谬赞。依小弟之见啊，三哥你的‘奉先十八戟’也已到达炉火纯青的地步啦！”楚冰云笑骂道：“好啊！你小子一直在一旁偷看，也不来帮忙。”楚行云笑道：“谁叫我相信三哥可以自己搞定这两根废柴呢！再说了，我刚刚不是帮你打晕他们了吗？”

楚冰云笑道：“贫嘴。对了，你知道吗？五弟要回来了！”楚行云两眼顿时放出光芒，激动地道：“真的吗？这可真是好极了！”楚冰云道：“大哥已飞鸽传书与我，叫我前来通知你们：在元宵时务必赶回楚门。”楚行云连连赞同道：“好！好！一定！一定！有劳三哥一路奔波了，二哥那边怎么样？”楚冰云道：“二哥我已经通知过了。但他临时又有点别的事，没能与我同来。”眼前又浮现出南宫志远舍命挡剑的情景，不禁鼻子一酸。

楚行云也没有察觉楚冰云面部微妙的变化，只是问道：“那现在我们怎么办？”楚冰云回过神道：“我们先下山去酒楼里商议一下，明儿早就启程回楚门。”楚行云点头道：“就该如此！”二人转身刚欲下山，忽闻一个阴恻恻的声音喝道：“闯我华山，伤我门徒。就想一走了之？”

二人忙转过身抽出武器进入迎敌状态，只见一个人面相清癯，一双眼睛炯炯有神，面色平静，头戴一顶淡蓝色方帽，一把美髯梳得整整齐齐。二楚忙躬身行礼道：“原来是华山派掌门‘剑湮长空’林亦风前辈。失敬，失敬。”林亦风也不答话，只是冷冷地“哼”了一声，站在他身后的众华山弟子救起赵氏兄弟，个个剑拔弩张，恶狠狠地盯着二楚。

楚冰云向前一步道：“不知前辈要如何处置？”林亦风还是阴恻恻地答道：“打得过我，就走；打不过，就留！”说罢，呼的一掌击向楚冰云。楚冰云忙挥戟打向林亦风手腕上的“太渊穴”。楚行云也催动内力使出“天地尘”的功夫打向林亦风。

林亦风右手五根手指使出“龙爪手”的功夫擎住了铁戟，同时左掌挥出，一股劲风回击向楚行云。楚冰云和楚行云都是江湖上赫赫有名的一流高手，现在合力抗衡林亦风，一时竟无法击败林亦风。

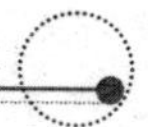

华山其他弟子都欲拔剑相助师父，苦于技艺都不如赵氏兄弟，无法在这种一流高手的较量中插上一脚。只能眼睁睁地看着。

斗了一阵子，林亦风突然向后一撤，将手掌举过头顶，双手合十由上自下劈落。二楚只觉得胸腔微窒，一道凌厉的剑气已至。“哇啊”，楚冰云较楚行云弱，竟然喷出了一口鲜血。楚行云忙去将他搀扶起来。

林亦风仍是一副冷冷的表情，阴恻恻地道：“都给我留下吧！”众弟子都准备将二人擒住。

楚行云将手一摆道：“且慢！前辈，我有一事相求！”林亦风冷笑一声道：“什么事？快说！”楚行云道：“我只能说与您一人听。”林亦风自忖道：他二人尚且战我不下，他一人又有何惧？只是他那把剑邪门得紧。于是又一声冷笑道：“把剑抛下。谅你也不敢玩什么花招！”

楚行云将剑连带着剑鞘一同抛在地上，走到林亦风耳旁，俯下身子。林亦风侧着耳朵正要倾听，忽觉得眼前都是沙尘，什么也看不见了，再看看楚行云，却哪里还找得着？众华山弟子也都大呼小叫，两眼什么也看不见，都被沙尘迷住了眼。

楚行云忙扶着楚冰云，飞一般地下山去了。一路上，楚冰云询问道：“四弟好身手！不知那是什么功夫啊？”楚行云微微一笑道：“那便是‘天地尘’第七层功夫，不用剑也可以催动周围尘土。”楚冰云惊道：“第七层？四弟你练完最后一层了！你是江湖上唯一练成这项神功的人啊！”楚行云谦逊了几句，又道：“三哥，我看山西是没法去了。事不宜迟，我们今晚就前往楚门吧！”

楚冰云回到客店收好东西，连夜与楚行云踏上了去京的路上。

第6章 袖里乾坤倾寰宇

待楚冰云讲述完之后，楚庄云这才恍然大悟道：“原来如此。一路上倒辛苦众位兄长了。”说着深深向下一揖。众人将楚庄云扶起，楚流云正色说道：“我们五兄弟，该当如此！”

楚冰云问楚流云道：“二哥，南宫大哥去了哪里？他没跟你一起来吗？”楚流云一拍脑门，急道：“哎哟，我一激动把这件事情给忘了！”摊开双手，双眉紧蹙。楚随云捋了捋胡须道：“二弟莫急，慢慢道来。我们兄弟一定帮你。”楚流云道：“是这样的。一路上我让志远贤弟坐在一顶轿子里好让他养伤。刚开始还好好的，结果到涿郡（今河北涿州）时我的坐骑不知怎么的突然倒地死了，我只去集市上买马。没成想四个抬轿子的轿夫都死了！”说到这里，另外四人都是眉头暗皱，均想：那人用调虎离山之计故意引开二哥。只是滥杀无辜未免下手太狠了吧！

楚流云又道：“志远贤弟的那顶轿子也不见了。地上全是碎木屑和血，看来志远贤弟还和那人殊死搏斗了一番。只是他一来不会武功，二来伤口刚痊愈，怎么敌得过那恶人！”眼光中流露出担心和后悔的神情。

另外四人都是你望望我，我望望你，都觉得这件事太过蹊跷。楚冰云道：“所以二哥你一路追踪，结果却看见我们身陷群豪之中，便急急赶来相救。对吧？”楚流云点了点头道：“正是如此。”

楚门五公子中数老三楚冰云最富于计谋，只见他踱来踱去，想了想道：“二哥，你那匹马倒毙时是什么样子？”楚流云心一惊：都这当儿了还管什么马啊？但他还是如实道：“嗯。那匹马死时面部肌肉突然变得特别僵硬，更奇怪的是，它左边那半边脸又黑又肿，右边那半边脸却又白又瘦。”

楚行云突然叫道：“贵州毒龙教的‘阴阳散’！”楚流云知道四弟的医术在武林中也是赫赫有名，连忙道：“四弟，‘阴阳散’是什么？”楚行云道：“具体我也不得而知。只是有一次一位老者不嫌千里迢迢跑来找我看病，当时那位老人家的症状与刚刚二哥你说的症状无异。我询问那老者是什么人伤了他，他恨恨地道：‘是一个贵州毒龙教的贱人用阴阳散伤的。’。所以我便知道‘阴阳散’了。”

楚冰云低下头沉吟了一会儿，抬头道：“那四名轿夫又是怎么死的呢？”楚流云微微思索了一会儿道：“那四名轿夫死的也真蹊跷。有两个好像是被青藏派的三损掌打断肋骨而死的。有一个全身乌青，应该是中了云南腐毒帮的‘腐毒掌’。还有一个嘛，我看不出来是哪家武功，那人就像是被解剖了一样，他所有关节处都和肉分离了！”楚庄云听到这里不禁“噫”了一声。

楚随云也是面色凝重，缓缓地抚摸着长髯道："看来下手的不是一个门派，而是一个幕后组织。"楚行云问道："和我们作对的人的目的大都只是为了抢五弟的'光日辉月箫'，那位南宫大哥与五弟素未谋面，那些人把他抢去干什么？"楚庄云接道："可能他们想以此要挟二哥。"楚冰云一口否决道："绝对不可能。先不说二哥无论如何也不会出卖五弟，就凭南宫大哥与二哥的交情，我相信南宫大哥也不会出卖二哥的。"楚流云在一旁狠狠地点头表示同意。

楚随云向楚庄云道："五弟，皇上召你进宫，你这就快去吧。"楚庄云向四人各行一揖，就独自一人前去皇宫。来到宫门前，一个太监为他引路来到大殿前，一个卫士走上前来，恭恭敬敬地道："请五公子解下上交自己的武器。"楚庄云心想：皇宫中确实不让带兵刃。就顺手将光日辉月箫交给了那名卫士。

楚庄云见到金碧辉煌的大殿和庄严肃穆的朝堂，心中不由得也"砰砰"乱跳。朱佑樘坐在龙椅上，笑吟吟地看着楚庄云。楚庄云跪了下去，大声道："庶民楚庄云参见皇上！"朱佑樘温和地道："免礼，平身。"楚庄云这才缓缓站起。

朱佑樘微笑道："你知道朕为何传你进宫吗？"楚庄云想起早上戏弄群守卫的事情，低下头道："是为了惩罚我早上戏弄守卫大哥吧。"朱佑樘先是一呆，随即爽朗笑道："哈哈哈，哈哈哈。好啊，原来是你这个淘气孩子，我说呢。不错不错。"楚庄云也是一呆：这就是传说中的"怒极反笑、正话反说"了？怎么他还夸我"不错"？

朱佑樘好像看出楚庄云的疑惑，接着道："能让京城的守备军上当的人，很少。而能令守备军上当的少年孩子，那可是‘龙中龙，凤中凤’啊！哈哈哈。”楚庄云这才心宽下来：原来皇上召我进宫不是为了惩罚我。

只听朱佑樘又道：“不过你得将功补过。”楚庄云又是一惊：原来还是要惩罚。朱佑樘见楚庄云脸色有异，笑道：“孩子别紧张。太子只有十二岁，还不懂事。我只希望你能多带带他，让他早点成熟，以便更好地治理国家，让百姓安居乐业。”楚庄云见朱佑樘如此信任自己，竟然让自己照顾太子，出发点竟然是为国为民。楚庄云不由得对眼前这个人敬佩得五体投地，又跪了下去大声道：“誓死不敢辜负皇上的厚爱！”朱佑樘点了点头，艰难地起身，由贴身太监扶回后宫。

楚庄云出了宫殿，想去要回自己的光日辉月箫，便去找那名卫士，没想到那人竟然不见了！

楚庄云竭力保持冷静，去找护卫队长，但那队长却只是将头摇成个拨浪鼓道：“五公子，您是皇上特召的人，皇上亲口准许你进宫可以带兵刃，我们全都听见了的。所以不可能有人收了您的兵刃。”随即又求道：“求您不要把这事儿捅到皇上那里去，要不小的脑袋就不保了。”楚庄云心中正恼，也不在意就答应了。

楚庄云想去寻几位兄长，但到了分手的地方却一个人也找不到，却找到一个纸条。纸条写着：五弟，兄长们前去寻南宫大哥。勿念。三哥楚冰云敬。

楚庄云这才感到无助：箫丢了，几位兄长也帮不了自己。

楚庄云想去皇宫搜查一遍，但皇宫那么大尚且不说，侍卫们也不会让自己去搜啊！不知不觉，楚庄云回到了楚门。

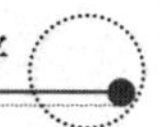

正当他走进大门时，一样黑乎乎的东西从天而降，楚庄云忙用手接住，朝上面问道："尊驾是谁？"却久久没有听到回声。

楚庄云一看手中之物，竟是先前那个假侍卫！楚庄云惊喜交加，果然从那人身上搜出了光日辉月箫。楚庄云探那人鼻息，只觉得他气若游丝，再探那人脉搏，却发现他脉象正常，丝毫没有受伤。

楚庄云忽然跪了下去，拜倒道："不肖弟子楚庄云拜见师父！"话音刚落，一个身着道袍，手执拂尘，童颜鹤发的老人轻飘飘地从天而降，无声无息地落在地上，笑道："起来吧。"说着，手中拂尘一挥，饶是楚庄云内力深厚，也情不自禁地被托了起来。

楚庄云拱手道："多谢师父出手擒了这恶贼。不然这光日辉月箫就被他掠走了。"说着向那人狠狠地踢了一脚。那老人道："不必多谢。若不是我看见这人猥猥琐琐的样子，好像干了什么见不得人的事。我也不会去路见不平擒住他。"顿了顿，又道："江湖险恶，人心难测。你以后要多加防范才是。"楚庄云恭恭敬敬地回道："是！弟子聆听师父教诲！"

那老人又道："我这次来，是为了传你一项新武功。咦？随云、流云、冰云、行云他们几个呢，没跟你在一起吗？"楚庄云道："没有，四位兄长去寻一个朋友了。"那老人皱眉道："什么朋友？叫什么？"楚庄云道："弟子也不知。只知道那是二哥的挚友，姓南宫。"老人道："南宫？嗯……"陷入了沉思中。楚庄云忙道："师父，有何不妥吗？"那老人摇了摇头道："没。不管他们了。嗯，对了，庄云，你怎么知道来人是我？"楚庄云笑了笑道："弟子看这人气若游丝，脉象却正常得很。这功夫除了师父你的‘袖里乾坤’，世间更无二人。”

那老人道：“好，好，好！真是个聪明孩子。这次我来，就是要将这‘袖里乾坤’的功夫传授于你。”楚庄云受宠若惊道：“多谢师父厚爱！”当下在后花园将“袖里乾坤”的功夫细心传授给楚庄云。

天近黄昏时，楚庄云将袖子轻轻一挥，一股劲风扑向那老人。那老人神色微微一变，挥舞拂尘化开了劲风，笑道：“我从未见过你这般聪慧的孩子。只一下午进步就这么快，你前途不可限量啊！”抬头又道：“但你不得滥杀无辜，为非作歹。否则就算你逃到天涯海角，为师也必杀了你！”楚庄云忙道：“弟子不敢！”那老人慈祥地笑道：“好孩子，我知道你肯定不会。就此别过。”话音刚落，身子已飞到百丈之外。

“笃笃笃”传来一阵敲门声，楚庄云开门之后，原来是四位兄长，便问道：“南宫大哥呢？”四人都是摇了摇头。楚冰云见有一人躺在地下，便问道：“五弟，这是谁？”楚庄云便将自己的经历一五一十地说了出来。楚行云叹息道：“只可惜没有见到师父他老人家一面。”楚冰云道：“五弟以后要小心，不要再被骗了。”楚随云却道：“今天五弟学了新武功，我们大家应该高兴才对啊。”楚流云附和道：“对，对，对。我来试试五弟武功。”说着挥掌打向楚庄云，楚庄云挥袖轻轻化去这股劲风。四人都喝彩道：“好！”

楚庄云将那假侍卫交给楚冰云道：“三哥，你看看能不能从他口中问出些什么，这可能对寻找南宫大哥有帮助。”

楚冰云赞许道："聪明！"楚冰云微微一笑，又问楚流云道："二哥，南宫大哥一事进展如何？"

楚流云摇了摇头道："我们先回房，这件事我一会儿再说。"

第7章 亦幻亦真入股掌

五人来到大厅。楚流云道："我先说我那边的，一会儿你们再说。"楚庄云奇道："咦。四位兄长不是在一块吗？"楚冰云摊了摊手道："我们四个有各自不同的任务，就分别单独行动了。"楚庄云才恍然大悟道："哦，原来如此！"

楚流云接着道："五弟在你走后，四弟眼尖，看见一个黑影一闪而过，我们觉得很可疑，便追了上去。正如三弟所说，我们四人任务不一样，而我的任务是继续追击那人。好家伙，那人轻功真的不赖！看他步法飘逸，似乎还有余力。而我这边已经竭尽全力。结果和他的距离还是没变。真厉害，真厉害！"说着不由自主地感叹起来。其余四人也是既敬佩又担忧。敬佩那人轻功卓绝，担忧那人会跟楚门作对，一个人也罢，若是那个组织都是这种绝世高人，那么这就不好对付了。

只听楚流云接着道："我在后面远远地跟着，忽然看见他一闪身进了一片树林之中，我也忙跟上去。嘿！真邪门！好好的一片林子里浓雾似乳，太阳光都照不进来。这时我才意识到：我可能上了他的当！他对那片林子太熟悉了，倏忽一下子就不见了。我被引到一个根本什么都看不见的地方！转悠了一会儿，我急得打折了几棵树，可这有什么用？正当我追悔莫及时，一道刺眼的太阳光突然映入我的眼睛，我心里虽然纳罕，但还是顺着太阳光走出来了。”说完“呼”了一声，好像还在那片迷雾林中，悠悠道：“我这一次可是由生到死，再由死到生走了一遭啊！唉！”说着又叹了叹气。

其余四人久久无言，还是楚行云打破了沉默：“既然二哥说完了，我就来说说我的经历。”顿了顿又道：“是这样的。我的任务是顺着那人的反方向去搜寻，希望可以找出些线索。正如二哥所言，那人轻功极好，路上几乎没留下脚印，我凭着寥寥几个脚印勉强找到了一个东西。”楚庄云少年性急，忙问道：“是什么东西？”楚行云向他微微一笑道：“一顶轿子！”此言一出，楚流云“呀”了一声，小心翼翼地问道：“那……那顶轿子……长什么样……样子？”

楚行云思索道：“那顶轿子豪华极了：上好的白玉铺造的地面闪耀着温润的光芒；檀香木雕刻而成的飞檐上凤凰展翅欲飞，只是有些破损；青瓦雕刻而成的浮窗玉石堆砌的墙板；只见轿顶檀木作梁，水晶玉璧为灯，珍珠为帘幕，范金为柱础。风起绡动，如坠云山幻海一般。轿中宝顶上悬着一颗巨大的明月珠，熠熠生光，似明月一般。对了，轿子旁边又有一摊血，不知是谁的……”楚门五公子虽然都是江湖中人，但自幼接受京城最好的教育，是以楚行云出口成章，能将事物描绘得栩栩如生。

楚流云大叫一声，竟从椅子上跌落下来，眼前一黑，竟昏了过去。楚冰云忙扶起楚流云，掐他人中。楚流云这才悠悠醒转过来，有气无力道："那就是……南宫贤弟的……轿子……"猛然站起来道："那轿子里面可有人？"楚行云摇摇头道："没有，连一只猫都没有。"

楚冰云沉思道："奇怪……怎么会这样？"楚行云道："我就这么多了。大哥你接着讲吧。"楚随云点点头道："好。我的任务呢，是在方圆一百里之内询问有没有腐毒帮和青藏派的人出没。结果呢，腐毒帮和青藏派的人一个都没有，倒是发现一个八仙门的人。"说着捋了捋自己的胡须。

楚冰云"哦"了一声，问道："八仙门？他们来干什么？还就来一个？"楚随云微笑道："那个人受了伤，伤在小腹。他说他和同伴路过这里，途中来了一伙强人，将同伴杀得一个不留，只剩下他，让他回去传话。我觉得这就是一场江湖恩怨罢了，就没太在意。嗯……其余的就没什么了。"楚冰云忽然道："我们还是再去看看。大哥，请你引路。"楚随云耸了耸肩道："就算他是敌人，现在恐怕早就走了。"楚冰云道："试试嘛。大哥有劳了。"

楚随云便将众人带到一个农家院前，一个庄稼汉打扮的人战战兢兢地出来，问道："各……各位爷台，小……小人与世无争，不知……不知哪里曾有得罪，请恕罪啊……"说完跪了下去，便要磕头。

楚庄云大袖一挥，将那人轻轻地托了起来，暗声道："三哥，这人不会武。"楚冰云点了点头，笑着对那人说道："这位兄弟，我们没有恶意。只是想向你打听一个人。"那人奇道："谁啊？"楚随云接道："就是那个八仙门的伤者。"那人

道："咦？您不是上午那位爷台么？"楚随云微笑道："正是鄙人。"楚冰云问道："那伤者走了么？"那人道："没有啊。还在里面。"楚冰云大喜，一个箭步就冲进了屋子，楚庄云和楚行云也随后冲了进去。楚流云忙赔笑道："几位小弟不懂事，失了礼节，请您赎罪。"那人摊了摊手，表示没关系，转身也进屋去了。楚随云和楚流云也走进屋子里。

那人一走进屋子，一个空桶突然从天而降，那人不躲也不闪，一个空桶竟然直挺挺地扣在他脑袋上。楚随云忙替他摘下空桶，那人骂道："真见鬼！"楚冰云悄悄地走到楚随云旁，向他耳边低声说道："大哥，这人真的一点武功都没有。"楚随云惊愕道："桶是你搁的？"楚冰云不好意思地点了点头。楚随云无奈道："也罢。你也是一片好心。"

楚流云悄悄推开一间房子的门，向里房望了望，刹那间他的目光定格在了那里，情不自禁地大叫道："志远贤弟！"躺在床上的正是分别已久的南宫志远！

南宫志远艰难地抬起头来，微笑道："流云大哥……"楚流云一个箭步奔上去，又喜又忧道："贤弟，是哪些混蛋把你打成这样！愚兄给你报仇，看我不把他们千刀万剐！"竟自咬牙切齿起来。

南宫志远还未回答，其余四人都已进来，楚冰云拱手道："南宫大哥，咱们又见面了。"南宫志远愧疚地道："有伤在身，不能还礼，请冰云贤弟恕罪。"目光突然停在楚随云前，惊愕道："您……您不是打伤我的那组织的人啊！"楚随云一摊手，俏皮地道："我长得像坏人吗？"众人都"噗哧"一笑。

楚流云道："志远贤弟，这位是我的大哥楚随云。"南宫志远忙拱手道："原来是楚门掌门人。不才神交已久，只是叹恨一直无法相见。三生有幸！方才多有得罪，请您不要怪罪。"楚随云捋了捋胡须笑道："不知者当无罪！还有不要总那么客气，我们就以兄弟称呼。南宫老弟！"南宫志远也笑道："是。随云大哥！"

楚流云接着道："这位是我的四弟楚行云。这位是我的五弟楚庄云。"二人拱手道："南宫大哥！"南宫志远也拱手道："行云贤弟，庄云贤弟。你们好！"

楚随云问道："南宫老弟，你刚刚为什么骗我你是八仙门的人呢？"南宫志远不好意思道："我怕您是那伙强人中的一员，来继续追杀我。所以……对不起啦，随云大哥。"楚流云又问道："贤弟，打伤你的人是哪家哪派的？愚兄为你报仇！"南宫志远思索道："嗯……兄长你走后，来了三个人，一个好像用青藏派的三损掌打死两名轿夫；一个好像是腐毒帮的，他用腐毒掌打死了一名轿夫；还有一个嘛……还有一个我真的看不出来他的师承门派，而且就是他一掌打在我的胸前的'膻中穴'，我一下子就昏过去了，后来就什么都不知道了。"

楚冰云问道："那南宫大哥你是怎么逃出来的呢？"南宫志远长叹一声道："侥幸。我再醒来时，他们把我抬到一个昏暗的林子里，说来真怪，林子里全是雾。我听他们低声商量了几句，又把我抬到另一个地方，后来其中两人不知道为什么就走了，只留下那个武功稍弱一点的青藏派的那个人。昨天晚上，我在他昏睡时，用一块大石头竭力砸在他头上，将他砸得鲜血直流，我这才得以脱身。当我走到这里时，我

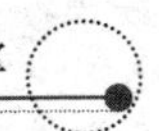

实在坚持不住了，脚下一软坐倒在地上，又晕了过去。醒来时，我已经在这里了。真是多谢这位大哥啦！”说着向那庄稼汉一拱手，表示谢意。

楚行云恍然大悟道：“怪不得我见到一顶轿子，轿子旁边有血。”楚庄云慢慢靠近楚冰云，低声道：“三哥，我觉得不太对劲。”楚冰云深有同感，也低声道：“我也觉得是，五弟你怎么看？”楚庄云微微摇了摇头道：“可疑点很多呢。比如：为什么四人追踪那黑衣人的足迹反而会追到那顶轿子旁？事情过了两天之久，为什么那摊血还没有消失？轿子那里离京城大门很近，为什么南宫大哥没有直接进京找我们楚门，而是跑到这个偏远的郊区农庄里？这些都是疑点。”楚冰云点头道：“此言极是。我也感觉事情没有那么简单。”

楚庄云小心翼翼地道：“二哥，你说会不会是南宫大哥在故意说谎？”楚冰云断然否决道：“绝无可能。南宫大哥极聪慧，就算编谎话也不会编得如此漏洞百出。而且，南宫大哥是个重情义的好汉子，好男儿！他没必要欺骗我们。”楚庄云这才不再说话。

此时楚流云已经背起南宫志远，道：“贤弟到楚门继续休养。这次我背着你走。”说着就走了。楚随云摸出一小锭银子，给了那庄稼汉致谢道：“多谢照看伤员。一点小意思不成敬意。”拱手也走了。那庄稼汉受宠若惊，待在原地一句话也说不出来。

楚冰云、楚行云和楚庄云也纷纷致谢离开。一路上，楚庄云总觉得自己已经落入那幕后操纵者的股掌之间，心头不禁闪过一丝不安。

第8章　年少气盛现刚强

楚庄云一觉醒来，只觉神清气爽。洗漱完毕吃完早饭后，楚庄云听到整齐的呼喝声："嘿！哈！"楚庄云一惊，随即醒悟：大哥和三哥又在训练楚门弟子了。果然，远远地只听见楚冰云的声音："楚门众弟子，走巽位。摆撒星阵。"楚庄云知道大哥和三哥训练弟子是为了更好的抵御那在暗处的组织。

"庄云贤弟早啊，起来锻炼吗？"一个声音从后面传来。楚庄云回头一看，一个瘦弱的身躯映入眼帘，正是南宫志远。楚庄云微笑地回应道："南宫大哥起的也早啊。"南宫志远笑道："久闻楚门五公子擅长琴棋书画诗酒花。"楚庄云忙道："这是江湖朋友抬举我的话，其实言外之意就是我不擅长武功。"南宫志远"哈哈"笑道："贤弟过谦了。江湖上谁不知龙城真人教出来的五位公子的武功都是数一数二的？"楚庄云只是道："南宫大哥谬赞了。"

南宫志远道："不才对棋艺也有所小成，今日正好向贤弟请教。"楚庄云顿时来了兴致，领着南宫志远来到一个小

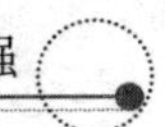

亭里，只见亭里放置着一个棋盘，棋盘两侧放有一筐黑棋，一筐白棋。楚庄云道：“南宫大哥你是宾客，你执黑子，小弟就执白子。”南宫志远也不拒绝，就坐在黑子那一头的石墩上，伸手在黑棋筐里轻轻夹出一枚黑棋，道：“那我就不客气了。”“啪”的一声下在棋盘正中。楚庄云也不怠慢，夹出一枚白棋，也下在棋盘上……

一个时辰过去了，棋局终于进入了尾声，楚庄云的白棋占据了大部分地方，南宫志远的黑棋却只是蜷缩在四角。突然，南宫志远将黑子下在白子的地盘内，楚庄云忙道：“南宫大哥！那里是绝境！”南宫志远却摆出一副无所谓的样子道：“贤弟只管下便是。”楚庄云抬头望了望南宫志远，确信他没在说笑，便一步步下在黑子周围，想要将它包围起来再一举而歼灭。

“啪”一声，南宫志远的那一片黑子还是被提掉了，但他丝毫没有遗憾。楚庄云看了看棋局，忽然暗叫道：“不好！”正当楚庄云醒悟时，南宫志远“啪”一声，彻底堵死了一大片白棋的眼，一大片白棋就此被提掉，白棋大势已去，黑棋扭转了战局。

楚庄云长叹一声，站起身来拱手道：“南宫大哥技艺高超，小弟敬佩得很。”南宫志远只是笑了笑道：“侥幸。贤弟，我只是想让你知道：有时候局势已经决定的时候也有可能发生惊天逆转，不到结束，我们就不能放松。”楚庄云敬佩地道：“听君一席话，胜读十年书。小弟牢记南宫大哥的教诲！”南宫志远“嘿嘿”一笑，转身出了小亭。

正在这时，两个人冲入亭中，激动地大叫：“庄云老弟！”

楚庄云见到来人，也惊道：“姬大哥，鄂二哥！”来人正是姬元明和鄂雁清。

鄂雁清问道：“刚刚走出去那个人是谁啊？”楚庄云吐了吐舌头道：“那个是南宫志远南宫大哥。怎么，鄂二哥你还要驱赶他吗？”三人“哈哈”大笑，原来鄂雁清外号叫作“驱无常”，他要驱赶南宫志远，自是把南宫志远比作成无常了。

楚庄云问道：“对了，两位兄长怎么赶过来了。找我有什么事吗？”姬元明道：“我师父说你现在可能需要我帮忙，趁着我也没事干，就把我遣来了。”说着耸了耸肩，鄂雁清道：“我师父也这么说。”楚庄云笑道：“好啊，有鹤笔门的大弟子和神农帮的现任帮主在这里，我又有何惧？”

楚庄云又道：“今天我们几个又相聚了，不如出去玩玩吧。”二人欣然同意，一道黑影突然闪了进来，三人都是一惊，楚庄云大袖一挥，一股劲风直扑向那人；姬元明顺手抽出腰间的一对判官笔，点向那人；鄂雁清食指一弹，一种粉末洒向那人。那人手中长剑一挥，尘土立刻包围在他身旁，挡住了三道攻击。楚庄云惊道：“四哥你怎么来了？”尘土一散，正是楚行云。

楚行云道：“五弟真有你的。你那‘袖里乾坤’的功夫真不赖，表面柔和，内里刚劲的确令人防不胜防啊。唔……还好你未使全力，不然我就得趴下了。”显然是受了轻微的内伤。楚庄云忙道：“四哥，我真的不是故意的。”楚行云道：“无妨。这两位是？”楚庄云介绍道：“这是鹤笔门的大弟子姬元明姬大哥，这是现任神农帮的掌门人鄂雁清鄂二哥。”二人拱手道：“幸会行云大哥。”

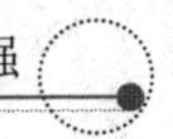

楚行云道："好一个'永'字！"楚庄云和鄂雁清都摸不着头脑，姬元明却钦佩地说道："行云大哥眼光过人，只一下子就知道我是以'永'字的笔画攻向您的。小弟佩服至极！"楚行云又道："鄂老弟的'八步断肠散'颜色太明显，容易被发现，应该将红花磨成粉加进去，这样既不会有颜色，又不会散失毒性。"鄂雁清忙拜倒道："行云大哥阅历丰富，早听说行云大哥医术高超，果然百闻不如一见！"

楚行云笑道："好啦！刚刚听你们要出去，带我一个好不好？大哥和三哥在操练，二哥在和南宫大哥谈论《易经》，我无聊得紧，跟你们出去玩玩。"楚庄云欣然同意道："好啊好啊！"

楚行云提议道："我们去六大处吧。那里风景如画，特别适合游玩。"三人都同意了。

不多时，四人来到六大处，姬元明道："嗯……有点像岳麓山。"楚庄云笑道："岳麓山上只有岳麓书院，六大处上却有六座古刹呢！"鄂雁清眨巴眨巴眼睛道："六座，好多啊！"四人来到第一处灵光寺，寺内主持迎了上来，双手合十道："诸位施主，佛门净地不让携带兵刃，请将兵刃上交。"说着伸手去抢楚庄云的光日辉月箫，楚庄云见这位主持武功不弱，向后一跃，冷冷道："既是上交，为何主动抢夺？佛门净地，怎么能有这种居心不良之人！"

那位主持见诡计被识破，便大呼道："来人，截住他们！"霎时，"呼呼呼呼"四人周围站满了拿着钢杖的武僧。那主持冷笑道："五台山清凉寺的神井师兄果然神机妙算。哼哼！"姬元明听到"五台山清凉寺"，怒火"蹭"地往上蹿，抽出判官笔道；“那个什么神经秃驴派了二十多人打我三弟楚庄云，却还是被我三弟打退，脓不脓包！你跟他是师兄弟，想必也是一样的脓包！”那主持大怒，大叫道：“上！”自己抢攻楚庄云，四周武僧也纷纷挥杖攻了上来。

楚庄云左袖一挥，一股劲风扑向那主持的面门。但那主持硬生生地挨了这一下，被打地流了鼻血，但还是气势汹汹地攻向楚庄云。楚庄云暗道：好一个硬汉！当下挥舞着光日辉月箫，一套拂尘剑击向那主持的心窝。这套拂尘剑是龙城真人自创的武功，那主持如何抵挡得住，喉口一甜，“呜哇”一声吐出血来，晕倒在地上。姬元明一边抵住三个武僧，一边嘲讽道：“果然很脓包！”

那些武僧只是护卫灵光寺的普通武僧，怎么禁得住楚庄云这等江湖一流好手的攻势。只一会儿，那群武僧纷纷溃逃，钢杖“乒乒乓乓”地掉在地上。鄂雁清冷笑一声道：“就凭这些蹩脚角色就想抓住我们？做他们的春秋大梦去吧！”

楚行云道：“恐怕上面还有心怀不轨的人等着我们呢。五弟，我们就此回去吧！免的多受烦扰。”楚庄云年少气盛，冷笑道：“哼哼！他们不是要抢吗？让他们尽管来啊！既然等着，看我不把他们打得满地找牙！”转头向姬元明道：“姬大哥，你意下如何？”姬元明也是好斗之辈，当下朗声道：“好！让我们把他们打得落花流水，找不着北！”楚庄云又看向鄂雁清，鄂雁清也正色道：“让他们知道我们不是好惹的！”楚庄云大悦道：“好！让我们会会他们。明知山有虎，偏向虎山行！”三人飞奔上山。

楚行云无奈，只得发力跟在三人身后。

第9章 铁骨铮铮好男儿

楚庄云一闪身冲进了第二处三山庵，气沉丹田大吼一声道：“楚门楚庄云拜上！”只震得庵前那口大铜钟“嗡嗡”直响，声音在群山中久久回荡，很久才消失。但庵中没有一个人出来。“咦？”楚庄云疑惑道：“怎么没人？”

姬元明和鄂雁清这才奔到。姬元明道：“哼！不会是听说下面失利，就害怕得躲了起来吧。”鄂雁清环顾了一下四周，又使劲嗅了嗅，确认没有埋伏没有下药后道：“只怕他们聚集大批人马打我们个措手不及。”

楚行云此时也已奔至，只见他皱了皱眉道：“怎的有一股血腥的气味。”鄂雁清奇道：“咦？我怎的都没闻到？”楚庄云笑道：“四哥的鼻子闻不见其他的味道，只闻得见血腥味。鄂二哥闻不见这很正常。”随后又沉思道：“难道他们发生内讧，自相残杀起来了？”

姬元明性烈，急匆匆地道：“我们快进去瞧瞧。”说完急奔向庵内。其余三人互相看了看，都点了点头，闪身跟了进去。三人一进庵里，一股血腥味扑面而至，鄂雁清皱了皱眉，从怀中掏出一个小瓷瓶，从瓶中倒出三粒白色药丸，自己吞下一粒，将其余两粒分别交给楚行云和楚庄云，道："这药丸没有别的作用，只是提神醒脑用。免得被这血腥气味恶心到了。"二人分别吞了，果然觉得神清气爽了许多。

只听里面的姬元明大叫道："你们快来啊！"三人闻声而至，只见一个老尼姑横躺在石板上，一口匕首没入胸口，汩汩鲜血不断冒出，染红了衣衫。楚行云忙去探鼻息，却已没了气，看来是刚死不久。

鄂雁清又倒出一粒药丸给了姬元明，姬元明应声吞下后道："这些混蛋如此可恶！这些师太不依从他们抢夺光日辉月箫，他们便下手杀死了她们。我一定要把他们抽筋剥皮，方泄我心头之恨！"两眼鼓了出来，一副想要吃人的样子。

楚庄云恨恨道："这些人恁地可恶，滥伤无辜。我再也不饶恕他们了，见一个杀一个。"忽然楚行云左手一扬，一块石头飞向屋顶，口中严厉地道："什么人？给我出来！"从屋顶上掉下一人，"扑通"一声重重跌在地上，捂着左臂，那里就是被楚行云打伤的。

那人冷笑几声道："嘿嘿。四公子好本事啊！只是这光日辉月箫今天我们是势在必得啊！嘿嘿！"楚庄云怒极，奔到那人身前，左右开弓，"啪啪啪啪"结结实实地打了那人四个耳光。"噗"那人吐出一口血水，惨笑道："好武功啊！可惜，可惜！"姬元明抢上来道："你说什么？"那人冷笑一声道："哼！就算你武功再高强，也休想逃出我们的手掌心！因为……"

那人突然抽搐了一下，闪电般倒地。楚庄云一惊，抬头一看竟然是姬元明，姬元明一张脸涨红得像猪肝一样，只见他一支判官笔重重地打在那人的“鸠尾穴”上，怒道：“你胡说八道！”楚庄云无奈地摇了摇头道：“姬大哥，你……未免下手太快了吧！我们就要听到重点了呢。”姬元明忙撤笔连声致歉道：“对不住，对不住。我……我一激动……就管不住自己了。真是对不起。”说着挠了挠头。

鄂雁清忙上来查看，但为时已晚，摇摇头道：“没得救了。姬大哥这一击打在‘鸠尾穴’上，这‘鸠尾穴’一旦被击中，这人就会血滞而亡。”楚行云道：“只能再上去打探消息了。”

一行人来到第三处大悲寺，还未走到寺门前。只听见一声怒喝道：“小子！今日你别想走了！”从天而降四个人，分站在四方。西方的一个老者大骂道：“小贼！看我今天不把你的双手双脚都剁下来！”楚庄云冷笑一声道：“哟嗬！大狗熊伤好了啊。不知道熊掌长没长出来啊？”那老者正是唐义雄。

唐义雄气得哇哇乱叫，抡起铁铲就往楚庄云头顶砸了下去，楚庄云又是冷笑一声，袖子轻轻一挥，将铁铲震开，唐义雄又是震惊，又是恼怒，大骂一声：“先人板板！”又抡起铁铲攻了上来。楚庄云仍是面不改色，袖子一卷，又将铁铲震开，唐义雄哇哇乱叫，又准备抢上去，站在东首的那人呵斥道：“老二，退下去！还嫌丢人不够吗！”唐义雄只得悻悻退后，仍旧站在西首。

东首那人上前一步，拱手道：“久闻五公子武艺过人，今日一见果然名不虚传！”楚庄云也拱手还礼道：“谬赞了。

请教阁下大名？”那人道：“区区贱名，不劳五公子知道。”楚行云插口道：“阁下想必就是‘镰铲钉锄’中的‘镰’——徐逸峰徐护法了。”徐逸峰淡淡一笑道：“四公子好眼力。”

楚庄云细细将徐逸峰打量一番，只见他头戴一顶斗笠，大概四十来岁，精神健旺，头上微见花白，身高不过五尺，但一双眼睛炯炯有神，凛然有威，背后有一柄长镰刀。楚庄云心里纳罕道：他好像比那个唐义雄年轻好多，怎的做了老大？

徐逸峰道：“唐老二要找五公子报削掌之仇，不知五公子怎么说？”楚庄云心道：他一个无所谓，就怕你们有埋伏。心中狐疑不定。徐逸峰像是看出了他的心思，当下朗声道：“周围的仙草教教众听令！这时唐护法与五公子之间的私人恩怨，不得妄然出手。违令者，其余教众杀之！”只听见周边树林里回应道：“是！”

楚庄云这才决定道：“好！徐护法，我敬你是条铁骨铮铮的汉子。”对唐义雄道：“唐护法，来来来，我们多亲近亲近。”抽出光日辉月箫，摆开迎敌的架势。唐义雄咬牙切齿道：“这可是你自找的！”单手挥舞着铁铲攻向楚庄云，楚庄云“呵”地笑了一声，也不使用“袖里乾坤”的功夫，挥舞着玉箫格挡。

“当当当”，唐义雄膂力过人，为报削掌之仇，每一击都是竭尽全力，力道足可以开碑碎石。但楚庄云却总是面带笑容，随手一挥将力道轻轻化开。又斗了几十个回合，楚庄云依旧面带微笑，没有一丝受伤的痕迹。而唐义雄额头上一滴滴黄豆般大小的汗珠掉落下来。这场比试，终究是唐义雄

输了。

唐义雄见无法取胜，大叫一声，倒转铁铲往自己头顶砸去。这一变故兔起鹘落，待楚行云和徐逸峰发现并相救已经来不及了。楚庄云“噫”了一声，卷起袖子，一股劲风扑向唐义雄。“咣当”一声，铁铲落地，唐义雄也坐倒在地上，大叫道：“我自杀都要你管吗？”楚庄云道：“我实在不忍心看见一条好汉就这么死了。”唐义雄并不领情，“哼”了一声道：“要你管！”徐逸峰喝道：“老二！要不是五公子，你早就死了！不道谢就算了，别在这多嘴多舌了！”楚庄云道：“徐护法不必震怒。唐护法心里恨我得紧，骂两句泄愤也是人之常情。”

唐义雄呆住了：这个人竟然为自己辩护！只听“扑通”一声，唐义雄突然跪在地上道：“五公子宽宏大量，姓唐的永世不敢忘。”楚庄云忙扶起唐义雄道：“唐护法不必如此。”唐义雄抱拳道：“以后若是有用得着我的地方，五公子尽管差遣！”徐逸峰笑道：“好！老二，你这仇还报吗？”唐义雄连声道：“不报了，不报了。”

徐逸峰又道：“五公子，我们奉教主之命来抢夺光日辉月箫，您可不要见怪啊。”楚庄云道：“各自为主，徐护法不必客气。”站在南首的那人道：“五公子深明大义，我吴风祖佩服。我斗胆向五公子挑战。”说着拔出身后的钉耙。

楚庄云拱手道：“这位想必就是‘钉’——吴风祖吴护法了。请！”摆开架势。吴风祖也道：“五公子请！”当下施展“降龙杖”打向楚庄云，楚庄云赞道：“来得好！”与吴风祖斗在一起。

楚行云道：“唐护法，你还要来抢夺光日辉月箫吗？”唐义雄黯然道：“不了。我已经输了。”楚行云道：“好！果然是个好男儿。”又对徐逸峰道：“我愿意为我五弟接下第二场，挑战徐护法。”徐逸峰道：“好吧。四公子下手轻点儿。”又向姬元明和鄂雁清道：“两位谁去战那位，龙老四？”说着指了指站在北首的龙德兴。

姬元明向龙德兴道：“鄂二弟用毒可能会伤了阁下，还是由我来吧！”龙德兴怒火中烧，但面色依旧，只是冷冷道：“好。你来吧！”说着，挥舞着锄头砸向姬元明，姬元明顺势一躲，避开了这一击，右手疾点，龙德兴挥锄一格，两人斗在一起。

楚行云拔出佩剑，道：“徐护法请了。”徐逸峰拿出镰刀道：“四公子请！”挥舞镰刀砍向楚行云，楚行云剑锋一转，几道尘土封住徐逸峰，徐逸峰暗惊道：这是什么怪异武功？也不敢怠慢，继续砍向楚行云……

鄂雁清在一旁冷眼旁观。不一会儿，楚庄云将吴风祖的钉耙打在地上，退后一步道：“承让。”吴风祖道：“五公子客气。吴某确实输了。”龙德兴锄头一把将姬元明抡倒在地上，冷冷道：“承让。”姬元明灰头土脸地站起身来，瞪了龙德兴一眼，站到鄂雁清和楚庄云身旁。

楚行云已运用天地尘在周围筑起一道土墙，徐逸峰无论如何也攻不进去。楚行云突然撤剑道：“徐护法厉害！我竟然只能防守无法进攻！”徐逸峰也道：“四公子究竟胜我一筹。我们输了。放你们过去就是。”说着，四人转身就离开了。“簌簌簌簌”树林里也响起一片嘈杂的声音，确是仙草教众

都撤走了。

“徐护法！唐护法！吴护法！龙护法！欸！”楚庄云叫到。只听见远远的回声：“五公子，你是正人君子，但你江湖阅历太浅，莫被周围的人欺骗了啊！”楚庄云一惊：周围之人，不会是南宫大哥吧？随即摇头嘀咕道：“不会不会。三哥都说不会了的。”

姬元明拍了拍楚庄云的肩头道：“三弟，想什么呢？走了。”楚庄云漫不经心地“嗯”了一声。跟上了前面的三人。楚行云道：“‘周围之人’？五弟你觉得是谁？”楚庄云道：“我刚开始怀疑是南宫大哥，但二哥和三哥都一口否决。我……我也不知道是谁？”姬元明大声道：“我觉得啊，就是这四个烂护法捣鬼，其实他们才是在欺骗你。”他被龙德兴打败，心中有气。楚庄云无言，觉得也有道理，但他总觉得这四人都是铁骨铮铮的好汉。

只听龙泉庵一人大笑道：“哈哈哈！终于来了，这可真是‘踏破铁鞋无觅处，得来全不费工夫’！楚老五，你知道我们从陕西找到这里花了多少时间精力吗？哈哈哈！没想到你自己竟然送上门来。哈哈哈！”四人一抬头，只见一个人面相清癯，一双眼睛炯炯有神，面色平静，眉间却仍有一丝喜色。头戴一顶淡蓝色方帽，一把美髯梳得整整齐齐。正是“剑湮长空”林亦风。

楚行云冷笑一声道：“原来是林前辈，有何贵干？又想吃沙子了吧！”

第10章 无情无义众亲离

林亦风阴恻恻地道："上次中了你的奸计，让你侥幸逃脱！这次看你怎么跑？"忽然大声道："华山众弟子，列'青峰阵'！"众华山弟子五人为一组，手持长剑互相掩护。

姬元明大笑道："哟！好好的华山派怎么变成青蜂派了，要去采蜜么？"林亦风装作没听见，一旁的赵公旺吹胡子瞪眼道："你是谁？这里还轮不到你说话！"姬元明冷笑道："早听说'无情刃'的名头。今日来见识一下！"说着顺手解下腰间的一对判官笔，疾点向赵公旺左肩"肩井穴"，这下子兔起鹘落，赵公旺丝毫没有防备，只觉得左肩上吃痛，使不上劲。

赵公旺大吼一声，右手挺剑一招"苍松迎客"刺向姬元明，姬元明"哼"了一声，顺势一躲，右手点向赵公旺的"命门穴"。这"命门穴"位于人体第二腰椎与第三腰椎棘突之间，被点中后，会冲击脊椎破气机，容易使人瘫痪。

眼见赵公旺即将成为废人，一道凌厉的剑气飞射过来，击开了姬元明的判官笔。一个青影闪身欺近，"呼呼"两掌

拍在姬元明身上。姬元明登时被拍出丈许，直觉喉口一甜，“呜哇”一声吐出了一口鲜血。鄂雁清忙扶起姬元明，从怀中掏出一粒药丸喂给姬元明。

那青影正是林亦风，只听他冷笑道：“湖南鹤笔门的大弟子果然不错。只是跟我还差太远，嘿嘿……”楚庄云怒道：“你身为前辈，下手怎的如此重！”抽出光日辉月箫道：“你们不是要吗？凭本事说话！”楚行云也拔出长剑准备动手，鄂雁清也在指甲中放好了毒药，随时准备动手。

林亦风知道自己的本事很高，但是徒弟的本事就只能无语问苍天了。当下道：“楚老五，这样吧。就只是你和我的决斗，旁人不得干涉。赢了，我们这就下山。输了，你们交出光日辉月箫，然后下山。怎么样？”楚行云急道：“不可以！五弟，上次我和三哥联手都打不过他。听四哥的，他们弟子很脓包，待我和鄂老弟收拾完那群弟子后，我们三人夹击他，一定能够稳操胜券！”

林亦风“哈哈”大笑道：“楚老四，你未免是以小人之心度君子之腹了！”楚行云白了他一眼道：“你本来就不是什么君子！”楚庄云突然开口道：“好！林前辈，就照你说的办！”转头对楚行云低声道：“放心吧，四哥。我有把握胜他。”楚行云惊愕地只是站在原地。

林亦风双手反背，瓮声瓮气地道：“楚老五才是真汉子。不像楚老四那样。哼哼……”楚行云只是瞪了他一眼，对楚庄云道：“好吧，五弟。一切小心。”楚庄云点了点头，露出了自信的微笑，走到林亦风前，抱拳道：“前辈请了。”

林亦风也不答话，倏忽欺到楚庄云身前，一套“青峰十三掌”施展出来。楚庄云只是微微一笑，左袖一卷，一股劲风扑向林亦风，林亦风脸色微微一变，迎掌还击，只听“嘭”一声。两种力道相撞，登时无影无踪。林亦风道：“好！”又挥掌攻向前去。楚庄云右袖又是一挥，挡住了林亦风。林亦风思索道：这奇怪武功是从他袖子里发出的，看来只有破坏它的袖子了。可是自己连靠近楚庄云也靠近不了，更别提破坏他的袖子了。林亦风不禁暗暗头疼。

那边楚庄云倒是悠然自在，左边袖子一挥，右边袖子一挥，就将林亦风隔在一丈之外。林亦风咬牙切齿，却也奈何不得，情急之下大呼道：“华山弟子，赶快给我上！”华山弟子应声而出，将楚庄云围住。

楚行云大叫道：“姓林的！你怎么恁地无耻！”说着将宝剑一扬，两道尘土飞袭向众华山弟子。“啊！啊！”众华山弟子都被击开。鄂雁清指尖一弹，一种墨绿色的粉末齐奔向华山弟子，“呜！啊！”华山弟子一沾到这种粉末，就感到全身奇痒难忍，犹如蚁啮。赵公兴大声道：“退后！退后！”林亦风见弟子如此不济，闪身“呼呼”两掌拍死了两名后退的弟子，丧心病狂道：“我还没说后退呢！给我冲！给我冲！”

楚庄云大呼道：“姓林的。你怎么如此残忍？他们好歹都是你的弟子啊！”

赵公兴见两名同门无缘无故惨死，心中对师父失望至极道：“众位师弟，师父已经迷了心窍，出手如此狠辣！而五公子宽厚待人，大家还愿意和五公子为敌么？”众弟子对林亦风也是失望至极，都纷纷附和道：“我们不再与五公子为敌了。”

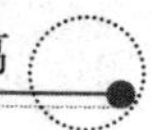

林亦风大怒，吼道："你说谁迷了心窍！"闪身欺到赵公兴，用尽全力劈向赵公兴头顶，赵公兴慌忙举剑来挡，但为时已晚。只听"喀喇"一声，赵公兴天灵盖被劈碎，软趴趴地跌在地上，脸上有两条清晰的泪痕……

"弟弟！弟弟！"赵公旺撕心裂肺地扑向前来，跪在赵公兴尸体前，哭泣道："弟弟啊……兄长没有……没有照顾好你……"说着站起身来，向林亦风道："师父……公兴他什么错都没犯！你为何下此毒手！你……你好狠啊！"说着挺剑攻向林亦风。林亦风"呵呵哈哈"大笑道："怎么样！你这小子还想报仇？"右掌一扫，将赵公旺的剑扫断。赵公旺却不退缩，依旧刺向林亦风。林亦风一惊，忽然觉得手掌一疼，定睛一看，只见右手掌已经被赵公旺的短剑刺伤，当下大喝一声，又挥掌打向赵公旺。

这时，众华山弟子都挺剑攻向林亦风。林亦风眼睛变得十分可怖，撕心裂肺骂道："你们这帮畜生！畜生！"手掌"啪啪啪啪"急挥，又打死四名弟子。其余弟子不但没有被吓到，反而更向前迫近。

楚庄云道："四哥。这林亦风实在是个人渣。赵公兴并没有说错什么，他就下重手打死了他。众华山弟子也什么都没有做错，但他还是不念故情，一下子打死六人。唉……"楚行云道："那我们难不成看着这些弟子一个个死于林亦风掌下？"楚庄云道："当然不行。我们要助他们一臂之力！"转头对鄂雁清道："鄂二哥，麻烦你好好照顾姬大哥。"说完与楚行云冲向人群中。

此时地上已经横卧着数名华山弟子的尸体。林亦风下手依旧毫不容情。楚庄云大喝道："着！"光日辉月箫点在林亦风的"巨厥穴"，林亦风大吼一声，就像饿狼在嚎叫，手中力道不减。转眼间，六名弟子又死于非命。

楚行云喝了一声，两道尘土飞奔向林亦风面门。林亦风也不躲闪，额头撞向两道尘土，"咚咚"额头上顿时起了两个包。林亦风痛得"哇哇"乱叫，但手头仍旧不放松，转眼又杀了三名弟子。

鄂雁清起身来到一名躺在地上的华山弟子的尸体前，伸手解下那名弟子的佩剑，将剑拔出剑鞘，往剑刃上洒满了毒粉。凌空跃起，用尽全身力道将利剑掷向林亦风，口中道："看剑！"林亦风已经兽性大发，一把抓住剑刃，忽然惨叫一声，将剑摔在地上。

这时，楚庄云和楚行云双双攻到，将林亦风后背扎伤。林亦风吃痛，闪身出了人群，大喝一声，急急奔下山去。

赵公旺走到二楚和鄂雁清前，"扑通"一声下跪道："多谢三位。若不是三位拔刀相助，今日我们就都要死于非命了。"后面的华山弟子也齐刷刷地跪了下来，道："多谢三位救命之恩！"楚庄云忙上前扶起赵公旺道："不必多礼。"又向群华山弟子道："各位请起。"众人才缓缓站起。

楚庄云问道："之后你们的打算是什么？"赵公旺斩钉截铁道："我要为公兴和那些死去的师弟报仇！"后面的弟子也齐声附和。楚行云道："赵兄弟，不如你先到楚门来避一避吧。林亦风那厮心狠手辣，肯定会将你们赶尽杀绝。"赵公旺刚想拒绝，转身看着身后的师弟们，咬咬牙道："好！从此我们就是楚门中人了。"众人齐齐下跪道："参见两位师

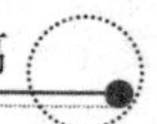

叔！”

楚行云道：“众位师侄请起。”鄂雁清问楚庄云道：“我们还上去吗？”楚庄云看了看躺在地上的姬元明道：“不了。姬大哥需要回楚门好好调养。这里众位呃……呃……众位师侄也要回去休息。我们还是下山吧。”他看见赵公旺等人比自己还大好几岁，不敢称他们为师侄。

姬元明艰难地坐了起来道：“我没事。若是上面的人趁势追击我们怎么办？”鄂雁清笑道：“没事。如果他们敢下来，我们一定可以打败他们的。再说了，就算我们被打败了，还有机会呢！”姬元明想了想，不再作声，算是默认了。

一行人转身正准备离开。忽然听到身后一声炮响：“砰！”众人一惊，又听见了第二声：“砰！”楚行云大声叫道：“不好，这是暗号！有埋伏，大家快下山！”一个细声细气的声音道：“想跑。嘿嘿！”

第11章 移形换影悔中计

姬元明大骂道："你找打！"便欲动手。只是一来苦于身上有伤，二来找不到人，一股怒气都发泄在路边的一块大石头上。"砰"一声，石头竟然被砸成一块块碎石。

那人依旧细声细气地道："哼哼！真是可惜了，武功这么高强的人都即将被炸成肉酱了！嘿嘿。'嘭'一声，你们都将灰飞烟灭，嘿嘿嘿……"姬元明脸上闪过一丝惊愕："什么？你们这帮下流东西！有种来明的！"那人仍是细声细气道："去阎王爷那里骂去吧！"说着，第三声炮也响了："砰！"众人心里都是一惊。有些华山弟子（应该叫楚门弟子了）闭上了眼睛，等待着死神的迫近。

但过了很长时间，什么声音都没有。那人心中也是一惊，又点了一炮。但还是没有爆炸声。

那人大骂一声："见鬼！"楚庄云大笑道："你的炸药过期了吧？还是你的人都跑了？哈哈！"那人冷冷道："不用炸药一样解决掉你们！"突然楚行云大声道："下来吧！"从近处的一个山头揪下一个人，一闪身奔到众人近前，将那人往

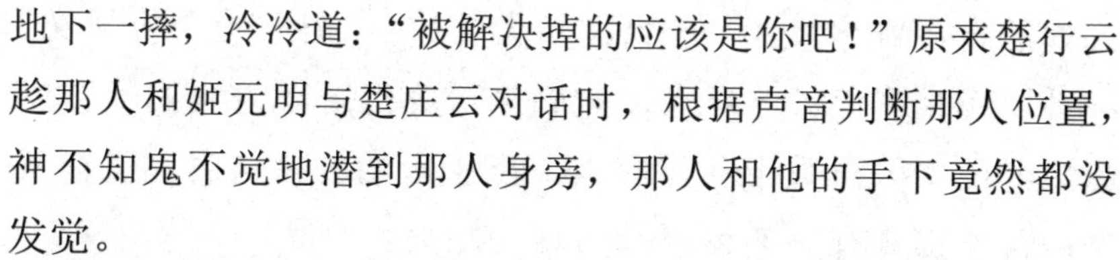

地下一摔，冷冷道："被解决掉的应该是你吧！"原来楚行云趁那人和姬元明与楚庄云对话时，根据声音判断那人位置，神不知鬼不觉地潜到那人身旁，那人和他的手下竟然都没发觉。

楚庄云这才看清那人，只见那人身着青袍，面色发白，头顶上没什么头发；身材瘦小，长相极是猥琐，但太阳穴高高鼓起，看来也是一个内力深厚的人。赵公旺忽然道："我想起你了。你就是'玉鼎神龙'方旭昂，传说你在新疆被仇家杀了。原来在这里图谋不轨。"

方旭昂见身份被人识破，当下也不吭声，只是闭上眼睛。姬元明奇道："咦？赵兄弟你认识他吗？"赵公兴点了点头道："认识的。当年师父……呃……林亦风曾经给我们讲述过各家各派的故事。这'玉鼎神龙'是丐帮的前传功长老，后来在一小镇烧杀淫掠，被执法长老定为死罪，但他一掌将执法长老打死后潜逃了。有人传言说他逃到新疆，被丐帮的人追上一刀砍死。他就此销声匿迹了，没想到他不但没死，反而本性不改又来做坏事。"

方旭昂道："不错，那就是我方某了。嘿嘿……你这小娃娃见识也不错。"鄂雁清"哼"了一声扣住右手手指道："这种人早早杀了便是，留他有什么用？"说着便要将指甲中的毒粉弹在方旭昂身上。楚行云挡在鄂雁清身前道："我们留着他还有用。鄂二弟别急着杀他，一会儿他总是要死的。"鄂雁清这才作罢。

楚庄云用玉箫抵住方旭昂的"巨厥穴"，笑眯眯地道："方前辈，乖乖命人放我们下山，不然你这老骨头就要陪着这六大处的青山绿水喽！”方旭昂却大笑道：“山上的众位兄弟，不必管我！剿灭了这群人，抢到光日辉月箫，为大王尽忠！”忽然群山中闪出数十名黑衣人，黑压压的一片从山上飞奔下来，背上都背有一把长刀，向众人冲来。

赵公旺道：“方才没有显示出我们‘青峰阵’的威力！现在让他们见识见识！列阵迎敌！”众楚门弟子五人一组，每组之间互相照应掩护，摆出“青峰阵”。楚庄云挟持住方旭昂，楚行云、姬元明和鄂雁清都摆好阵势迎敌。那些黑衣人纷纷抽出暗器掷向众人。“簌簌簌簌”，有些弟子闪避过后，那暗器竟然回旋打在一些弟子背后，“噗！”一些楚门弟子倒下了。

楚行云道：“这暗器会拐弯！大家不要躲，将暗器击开！”顺手筑起一道土墙，挡住了那些怪异暗器。那些人奔到近前，抽出背后的长刀，只见一柄柄长刀由钢打造，刀面上刻有花纹，刀柄选材极是精细：竟然是用金丝木做成的。更奇异的是每个人都有这样的一把刀。那些黑衣人握刀的方法也不太一样，他们用双手握住刀柄，挥舞砍向众人。

楚庄云点了方旭昂的穴道，加入到战斗中，一闪身又点中两个黑衣人的穴道。楚行云与四名黑衣人缠斗在一起，兀自分不出高下。姬元明左点一下，右划一下，缠住了两名黑衣人。鄂雁清则躲在暗处，趁一两个黑衣人不注意，将毒药粉洒在他们身上。众弟子凭借阵法都与黑衣人不相上下。

姬元明本来就有伤在身，加上这些黑衣人挥砍的力道极大。只听“叮”一声，姬元明右手的判官笔被打飞，又听“叮”一声，姬元明左手的判官笔也被击飞。说来也巧，那

两根判官笔不偏不倚地砸在方旭昂身上，解开了他的穴道。“嘿”一声，方旭昂鲤鱼打挺一下子从地上跳了起来，一个箭步冲了上去，点中了姬元明的穴道，将他扛在肩上，一闪身不见了踪影。远远地只听见姬元明愤怒的斥骂声和方旭昂得意的笑声。

那些黑衣人也纷纷向后一撤，放了一枚烟雾弹。烟雾消失后，一群人竟然都不见了踪影。楚行云暗暗心惊道：这些人的武功武器当真邪门！楚庄云愁眉苦脸道：“姬大哥被抓走了，怎么办？”鄂雁清忙上前安慰道：“没事的。他们应该不会伤害姬大哥的。”

楚行云走到一个被毒死的黑衣人尸身前，正欲搜身。鄂雁清忙道：“行云大哥，稍等。”从怀中掏出一个小瓷瓶，倒出一粒药丸，交给了楚行云道：“这个人身上有毒。你先吃了解药再碰他身子。”楚行云向他投去敬佩和感激的目光，接过药丸吞入口中之后，从那尸身中找到了几枚刚刚那种暗器和一本书。

楚庄云看了看那种暗器，只见那暗器有四个尖，长相像“万”字，中间有个圆圈，分量不轻，好像是由铁打的，倒有点像铁蒺藜。但铁蒺藜一般是用来撒在地面用来伤害人的足部的，而这个东西可以打人体的任意部位，真是新鲜货。

楚行云打开那本书，只见上面标着“忍术”两个大字，眉毛微皱，脑子里努力思索着江湖上哪一门哪一派有这种怪异武功。又翻了两页，只见全是些自己看不懂的书，倒不是文字太过于怪异，而是书中内容与中华武功相悖。楚行云皱了皱眉，心想道：难不成这些人是外邦的？

当下楚行云也不敢多想，命人将死者好生埋葬后就匆匆下山了。

到达楚门时已经是酉时了。楚冰云见众人归来，急道："你们几个跑到哪里去了？我和大哥、二哥以及南宫大哥都找不到你们。"转头看见鄂雁清道："咦？鄂老弟你来了啊。姬老弟呢？没跟你一块吗？"他跟姬元明和鄂雁清有过数面之缘，因此认得他们。

楚庄云黯然道："姬大哥他……被擒走了……"楚冰云心中也是一惊道："怎么会这样？"偶然瞥见了赵公旺等一干人，好奇道："赵兄弟怎么来了？"赵公旺忙道："三师叔，我们现在归并为楚门，只怕再用兄弟相称不太合适了。"楚冰云眉毛上挑，一副滑稽的模样，问楚行云道："四弟，你好样的啊！"楚行云笑道："他们主要是要帮赵公兴师侄报仇。"楚冰云又奇道："'有心剑'赵公兴？他怎么了？"向那群人中望了望，果然没有赵公兴的身影。

赵公旺低下了头，虎目含泪，攥紧了拳头道："公兴……公兴他被林亦风一掌……一掌打死了！"楚冰云又是一惊，皱了皱眉道："今天你们遇上的事都好稀奇。来来来，到大厅一叙。"说着将众人引到大厅中。

楚随云听到原委后，捻了捻胡须道："既然如此，诸位从此就是我楚门弟子了，当须遵守我楚门门规，不得违反。"众弟子齐声道："是！"楚流云在一旁叹道："林亦风这个人心狠手辣，将众弟子视为自己的傀儡，只教他们一点皮毛武功，害得他们武功一直没什么长进。唉！"南宫志远笑道："流云大哥不要叹气。赵大哥他们现在已经是楚门中人了，

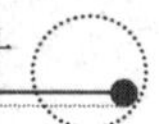

有随云大哥这样的名师，他们的武功从此一定会有很大长进的。”赵公旺见南宫志远称自己为“大哥”，忙摆摆手。南宫志远聪慧过人，一眼就看穿了他的心思，抿了一口茶道：“赵大哥不必如此。不才不是楚门中人，我们同辈。”赵公旺这才作罢。

楚庄云当下将早上他们所经历的所有事都一五一十地说了。众人听完之后都陷入了短暂的沉默。楚冰云先开口道：“仙草教四位护法的光明磊落实在令人钦佩。只是他们说的‘周围之人’是谁？”其余几人都低下了头，只有南宫志远漫不经心地品着茶。

楚流云忙岔开话题道：“这个人我们猜也猜不到，不如先跳过，至少我们知道他就在我们身边。”顿了顿又道：“我好奇的是为什么山下的炸药没有爆炸，难道真的是炸药过期了吗？”众人都是“噗哧”一笑，楚庄云笑道：“那只是我信口胡诌的。二哥别当真。以他们的周密的头脑，不可能埋下过期炸药。”楚流云摊了摊手道：“那是怎么一回事呢？”楚行云接道：“唯一的可能就是有人将炸药挖了出来。”鄂雁清忍不住道：“可是我们当时没人知道有炸药啊。就算知道有炸药，也不知道炸药埋在哪里。所以绝对不是我们的人挖掉的炸药。”

南宫志远仍旧只是小口小口地品着香茶，一言不发。

楚随云道：“这位幕后好人的恩情我们一定要时刻记在心里。待来日定要好好报答人家。”将头转向楚行云道：“四弟，你说那些黑衣人的武器书籍很奇怪。可否拿来与大家一观？”楚行云点了点头，将那本《忍术》和那暗器拿了出来。

楚流云拿着那暗器把玩，嘀咕道："这种稀奇古怪的玩意儿我还真没见过呢。"忽然一个不小心，手指被那暗器划了一道小口子，楚流云皱眉道："好锋利啊！"楚冰云打开那本《忍术》，只见书册上的人物穿着和中土服饰都不太一样，姿势十分古怪，不禁暗暗头疼，将《忍术》交给了楚随云。

楚随云也觉得这本书十分怪异，但只是捋着胡须不说话。忽然抬起头来道："这些人莫非来自东瀛？"楚庄云惊道："难道它们是倭寇？"楚冰云点头附和道："很有可能。"当时倭寇已经开始祸乱明朝边境。赵公旺咬牙切齿道："那方旭昂竟然去当汉奸！当真可恶！"鄂雁清也道："早知道就把这狗汉奸杀了，姬大哥也不会被抓走了。"

楚庄云忽然抬头向屋顶道："尊驾有何贵干？"奔出门外，一跃上了房顶，只听一人压低了声音道："好小子，武功不赖！"就动起手来。屋顶上传来"乒乒乓乓"的兵器碰撞的声音。

楚流云反应最快，一个箭步也冲了出去跃上房顶。只见楚庄云已经和三人斗在一起，兀自不相上下。还有两人在一旁冷眼旁观，细细观察楚庄云的疏漏之处。楚流云大喝一声道："兀那汉子！快与我来斗几百个回合！"挺杖而上，一套疯魔杖使得虎虎生风，直迫得一个使剑的汉子连连后退几步。

另一个黑衣人"刷刷刷"向楚流云发射飞刀，楚流云忙挥舞着鎏火杖将三枚飞刀砸开，正想去杀了那掷飞刀的人。那使剑的汉子却挡住楚流云的去路，一套剑法使楚流云无法

靠近那掷飞刀的汉子。“唰唰唰”那人又掷出三把飞刀，时刻干扰着楚流云。

只听见远处一个雷火弹冲上天空在天上炸开，形成一道绚丽的图案。那使剑的汉子大声道：“成功了！撤乎！”其余几人纷纷撤武器，一闪身不见了。那使剑的汉子也虚晃一招，一闪身也不见了踪影。

楚冰云忽然叫道：“不好！那个假侍卫被他们救走了！追！”提足便奔。

第12章 风云变幻波澜起

“咔嚓嚓”，一声惊雷在天空炸开，原本蔚蓝的天空霎时变得阴暗无比，不一会儿就“淅淅沥沥”下起了小雨。一个赶路的人骂道：“呸！这鬼天气！”忽然看见前面有一个破庙，赶紧骑着马飞奔到破庙前。

他将马拴好，一个人走进破庙。忽然一个黑影闪了过来，冷冷道：“天王盖地虎！”那人不知所措，抱拳道：“适逢大雨，我只是进来避雨。”那黑影“哼”了一声，突然刀光一闪，将那人斩成两段。

庙后传来一个声音：“老张，来人是谁？”那老张又“哼”了一声道：“一个过路的。”先前那个声音道：“原来不是盟中兄弟啊！那杀了无所谓。”语气之中竟然没有一丝怜悯和同情。

老张慢慢走到庙后，十几个人团团围坐在那里。只听一个人道：“这事情成不成啊？”另一个人冷冷道：“姓齐的，你现在想洗手不干了。恐怕太晚了。”说完拔出腰上的刀。那姓齐的汉子怒道：“我只是问能不能成功，并没有说洗手

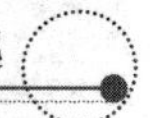

不干啊！卢定安，我告诉你！老子早看你不爽了！要打就打，何必多说！”说完也拔出腰上的剑。

这时第三个声音响起：“你们两个活得不耐烦了？”声音冷冰冰的，但透露着一丝威严。那姓齐的汉子和卢定安都坐了下来，互相吹胡子瞪眼，腮帮子都鼓得很大，眼神都带有杀气。

那声音又响了起来：“齐兴远，卢定安。你们两个的私下恩怨都私下解决。现在我们都在商议大事。你们要再闹，信不信我立刻杀了你们！”声音到最后都有一些震怒，只震得破庙屋顶上的泥土“簌簌”往下掉。齐、卢二人吓得这才不再较劲。

老张缓缓问道：“凌大哥。你有什么打算？”凌大哥道：“我有一个计划，分为三步。第一步，我们先烧了城中的粮仓；第二步，我们去刺杀那个该死的总兵；第三步，我们打开城门迎接可汗大军。”众人纷纷叫好。老张道：“既然大家没有异议，就各自去执行吧！”众人又散了……

“三哥！他们武功不弱，我们追不上了！”楚庄云一下子叫住了楚冰云。楚冰云望着那群人离去的方向，叹了一口气。楚随云道：“时候不早了。大家好好休息去吧。”众人就此散了。

第二天雄鸡第三次报晓之时，楚庄云睁开睡眼蒙眬的双眼。忽然传来一阵细声细气的声音，楚庄云大脑里的困倦顿时被抛到九霄云外，心里一惊：莫非方旭昂那家伙又来了？匆匆更衣冲向大门。到大门时，只见一个人单膝下跪在地，神情恭敬，却不是三哥楚冰云是谁？只见楚冰云前面那人趾高气昂，手中抱着两条圣旨，原来是个太监。怪不得说话阴阳怪气的。楚庄云暗自想道。

楚冰云见楚庄云也出来了，忙道："五弟，这位公公找你。"楚庄云又是一惊，也单膝下跪。只听那个太监抽出一条圣旨道："奉天承运皇帝诏曰：命楚庄云辰时进宫见太子。钦此！"说着将圣旨交给楚庄云，楚庄云双手接过道："臣接旨。"那位公公点了点头转身就回皇宫去了。

楚庄云见楚冰云手里也有一条圣旨，不禁问道："咦？三哥，皇上也叫你去陪太子了吗？"楚冰云苦着脸道："比陪太子难多了！"楚庄云道："那是……"楚冰云叹了口气，摇了摇头道："五弟你知道吗？昨夜宣府的军粮仓被烧了。这还不够，昨夜宣府总兵被家人发现死在家中，死时喉咙上插着一柄飞刀，应是被人刺杀的。"楚庄云不禁"噫"了一声，忽然明白道："那……那皇上不会是派三哥你去上任宣府总兵吧？"楚冰云又叹了一口气道："这只是其一，皇上还让我带着足够的士卒从京城运送粮草到宣府去。即刻动身。"楚庄云惊道："可是……大哥他们都还没醒呢！你不向他们道个别吗？"楚冰云道："不必了。皇上急召，我们做臣子的怎么敢拖延。五弟，我走啦！"说着踏出了大门。

楚庄云心想：辰时快到了，我也准备一下吧。匆匆用完早膳后整理了一下，也踏出了楚门。来到端木宫——太子朱厚照住的地方。楚庄云前脚刚踏入端木宫的大门，朱厚照就一蹦一跳地扑了上来，楚庄云身子稍稍一避，双手一张，一招"怀中抱月"使了出来，将朱厚照当成月亮一样抱住道："殿下小心，你这金贵身体不要就这么摔坏了。"说着将他轻

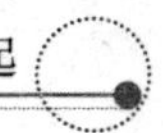

轻放在地上。朱厚照只有十二岁，头顶只到楚庄云的肩膀，只见他抬起头来道："庄云哥哥，你的武功好棒喔！你两只手就那么一挥，我就被你死死地抱住了。只怕我的师父都比不上你哩！"

楚庄云微微一笑道："殿下现在不应该沉迷于武功，您未来是要做皇帝，造福百姓的。应该多读读《资治通鉴》一类的书。"朱厚照嘟了嘟嘴道："不要。以前父皇也命杨先生教我读书，但是杨先生教的我都不感兴趣。"

楚庄云头一下子就变大了——带这种顽童他还是第一次啊！楚庄云心里思索道：不如依着他，等把他哄高兴了，再劝谏他做一个明君。当下道："好吧。殿下你想学什么？"朱厚照抬起头，用他那一双水灵的大眼睛看着楚庄云道："庄云哥哥真好！嗯……你就教我刚刚你使的那招吧！"楚庄云微笑道："这倒容易。"朱厚照高兴地跳了起来欢呼道："耶！"

楚庄云当下与朱厚照在后花园练武。楚庄云将"怀中抱月"这一招的威力、精要之处一五一十地说给朱厚照听，朱厚照听得格外仔细，只一会儿就将"怀中抱月"这招使得炉火纯青。楚庄云站在远处突然向朱厚照扔一块石头，朱厚照反应迅速，手头自然而然地使出"怀中抱月"，将那块石头稳稳当当地托住了。朱厚照大喜，激动地道："庄云哥哥，庄云哥哥！我成功啦！"楚庄云微笑点头表示赞许，心中暗暗喜道：太子虽然年纪还小，但他的悟性很高，若是以后勤加教导，一定能够成为一代明君！想到这里，楚庄云不禁暗暗笑了。

见朱厚照心情很愉悦，楚庄云忙循循善诱道："殿下，您以后是要统治这个国家的。而那些治国之道，就藏在那些书中。因此您要多多读书，才能成为一代明君啊！”朱厚照方才兴奋的表情霎时间无影无踪，取而代之的是无尽的恐惧，只听他嘀咕道：“我才不要读那些破烂竹简。一点儿也不好玩。”楚庄云见劝导失败，又慌忙得不知所措。

楚庄云仗着自己内力深厚，远远地听到皇宫侍卫的声音：“是谁？胆敢闯进太子殿下的寝室！”随后又听到众侍卫的呼喝声：“来人抓刺客了！快来人啊！”朱厚照见楚庄云在仔细地侧耳倾听，好奇地问道：“庄云哥哥，你在干什么啊？”忽然觉得背后一寒，一个灰衣人已经闪到朱厚照身后。

说时迟，那时快。楚庄云弓身向前左手一揽，将朱厚照从死亡线上拉了回来，右袍一挥，一股强劲的内力扑向那灰影人。那灰衣人身手也很敏捷，双手向前一推，挡住了那股劲风，低沉着嗓子道：“好一个‘袖里乾坤’！”说罢又抢攻上去，左手手指呈鹰爪状抓向朱厚照的天灵盖，右掌挥出打向楚庄云。

楚庄云向后一仰，抬手将朱厚照扔向一棵树的枝干上。朱厚照只觉得自己突然凌空，身体轻飘飘的，随即又稳稳当当地落在树枝上。楚庄云少了朱厚照这个累赘，出手自然方便些，“呼呼呼呼”四掌快速连续地打向灰衣人。那灰衣人连向后跃了四步，正欲还击。只听那些皇宫侍卫纷纷赶到，那灰衣人“哼”了一声低沉地向楚庄云道：“就因为你，天下百姓要受几年的苦了。”说罢脚下发力，一晃眼便到了百米之外。楚庄云只是待在原地，细细品味那灰衣人的话。

待众侍卫都赶到后，楚庄云一跃上树将朱厚照又稳稳当

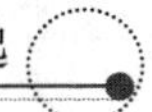

当地放在地上。众侍卫忙下跪求朱厚照恕罪。朱厚照大声呵斥那群侍卫道："一个个都是饭桶！若不是庄云哥哥，我早没命了！我没命了，你们的脑袋还会在这里吗？"吓得众侍卫连连磕头求饶。朱厚照数落够了，小手一挥道："本宫今天心情还不错，饶你们不死！还不快滚！"众侍卫又连连磕头致谢，灰头土脸地走了。

朱厚照转头笑嘻嘻地向楚庄云道："庄云哥哥，这些侍卫武功比你差远了。若是以后那个人又来的话，你又不在身边，我怎么办？"眼睛骨碌骨碌转了转道："不如你再教几招给我吧。"楚庄云见朱厚照总是不认真学习，只是想着练武，暗暗皱眉，但又不忍心拒绝他，便道："好啊。不过我有条件。"朱厚照登时两眼放光，急切地问道："什么条件？你要钱财还是美女？"楚庄云摇了摇头道："都不是。我的条件是：殿下您每从我这里学一招，就得给我背一段《道德经》或《论语》。"朱厚照一听到背书，脸上又布满了恐惧的神情，但迫于学武的诱惑，朱厚照勉为其难地点了点头道："好……吧……不过庄云哥哥你一定要说话算数哦！"

楚庄云见朱厚照答应背书，诧异之余又觉得很有成就感，微笑道："我怎么敢欺骗殿下您呢？好了，今天我教了'怀中抱月'一招，殿下您现在应该去背一段书了。对了，不能死记硬背，要理解并体会作者的意思哦！"朱厚照嘟了嘟嘴，道："好吧。"转身去了书房。

楚庄云出了皇宫，已经是午时。他回到楚门，楚流云着急地问道："五弟，你又上哪里去了？"楚庄云懒懒地回答道："我去皇宫了。"楚流云惊道："皇宫？哦，你是去陪太子了吧。”楚庄云又点了点头。楚流云又问道：“咦？三弟呢？他没跟你在一起吗？”楚庄云耸了耸肩道：“三哥他去宣府了。”楚流云又大吃一惊道：“宣府？三弟他到边关去干什么？”楚庄云摊了摊手道：“还能干什么？皇上委任三哥为宣府总兵，说原来那个总兵被人刺杀了，三哥上任去了。”楚流云道：“刺杀？那个职位真是危险！”楚庄云苦笑了一声，不置可否。

南宫志远听到声音，也缓步走来道：“如何？当一天小‘佣人’的感觉怎么样？”楚庄云叹了口气，软趴趴地坐在椅子上道：“其他都还行。就是今天突然蹦出来一个刺客，武功还真不弱，把我吓了一跳。还有，那刺客说什么就因为有我，天下百姓要受几年的苦了，弄得我莫名其妙的。”南宫志远想了想道：“可能那个刺客是信口胡掐的，庄云老弟不要放在心上。”楚流云也附和道：“是啊是啊，这种小事何必挂在心上呢？”

楚庄云将头趴在桌子上道：“但愿如此。”

第13章　明月悠悠引往事

话说楚冰云领着数百名士兵护送着几十车粮草浩浩荡荡开向宣府。楚冰云骑在马上，心中暗暗担忧道：宣府素来为兵家必争之地，最近战事紧张，只怕这个宣府总兵不太好当啊。

众人一路加急，天还没有完全黑下来就到了宣府周边的山道。楚冰云勒马向后大声道："兄弟们！前面就是宣府了，大家今天好好休息！明天就要上阵杀敌了！"士卒们走了一天早就累了，此时听到可以休息都哄然叫好。

突然山上的泥土动了动，楚冰云警惕地向周围看了看，突然大叫道："撤！"但为时已晚，几块巨型石头突然从山头掉落下来，重重地砸在众士卒周围。士卒们吓得到处乱跑，"啊啊"的惨叫声不断传来。楚冰云勒住惊慌失措的坐骑，大声道："不要慌！都护在粮草周围！快！"众士卒这才不再乱跑，听话地围在粮草车旁，抽出武器严阵以待。

过了一段时间，巨石不再往下砸。山上闪出数十名弓箭手，每人都是扣紧弓弦，将火箭对准粮草。只见一个身披盔甲之人将举起的手一放。“嗖嗖嗖”数十枚火箭如雨点般朝众人袭来。众士卒都纷纷舞剑保护粮草，楚冰云却大声道：“注意自保，不要有人员伤亡！”众士卒都傻眼了：难不成让这些粮草就这么烧掉？但还是不敢违抗命令。“嗖嗖嗖”又有几十枚火箭朝粮草车袭来，“噗噗噗噗”有几支箭射在粮草车上。奇怪的是粮草不但没有燃烧，反而还将火箭熄灭。

那山上的领头人也是心头一凛，又将手举了起来，众弓箭手都停止放箭。一个军中都尉奇怪地问楚冰云道：“大人，这是怎么回事？”楚冰云微微一笑道：“我在粮食袋上又加了一层厚厚的泥土，火箭当然得灭。”那都尉顿时敬佩得五体投地道：“大人聪慧过人，令小的佩服。”

只见山上那领头人剑拔出鞘，大声道：“杀！”那些弓箭手都拔出长剑，也大呼一声道：“杀！”说着冲下山坡。楚冰云指挥道：“众将士稳住，从容杀敌。”这些士卒都是京城百里挑一的作战经验丰富的老兵。当下兵器“乒乒乓乓”地互相敲击。楚冰云祭起悬泉印，打向那领头人，那领头人没有料到天空突然闪出一个东西，还没有反应过来就被打下战马摔在地上晕了过去。

楚冰云故意大声呼喊道：“将士们！敌将已死，我们赢定了！”众士卒果然士气大振，当下都抖擞精神，更加奋勇地杀敌。而对方人马确实看到主将落马，又听到楚冰云的话，心头害怕，士气降低，一下子就被杀得溃不成军，纷纷四散逃开了去。

楚冰云命人将那个领头人绑了起来，押解进了宣府。宣府的官员忙上前迎接楚冰云一行，道：“大人，你们来的真

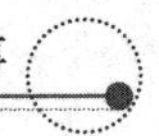

是太及时了。再晚来一步，士兵和百姓就饿得爬不起来了。”楚冰云皱了皱眉道：“不会吧。才饿了一天就爬不起来了？”那官员赔笑道：“是这样的大人，宣府一直是边关重地，朝廷无论如何也不会饿着宣府的士兵，士兵们呢，也就适应了每天都能吃饱饭的生活。结果昨晚上来了一帮混蛋把粮仓里的粮食烧了个精光，我们一下子就受不了了。”楚冰云点了点头觉得言之有理。

那官员左右看了看，拿起一只死老鼠说：“大人你看，我们宣府的这玩意儿都受不了饿死了，人也该差不多了吧！”楚冰云不禁“噗哧”一笑，心想：这官员还挺幽默。但还是皱了皱眉，扬了扬手道：“去去去！脏不脏啊！拿走拿走！”那官员甩手将死老鼠一扔。

楚冰云心下对这官员心存好感，问道：“你叫什么名字？”那官员恭恭敬敬地回答道：“啊，小的姓黄，上君下直。”楚冰云笑道：“原来是君直兄，你现在官任何职啊？”黄君直恭恭敬敬地道：“小人官居宣府参将，比大人您低了一品。”楚冰云是宣府总兵，官居二品；而黄君直是宣府参将，官居三品。是以黄君直说他比楚冰云低一品。

楚冰云点了点头道：“没想到你还挺了解官场品级。欸对了，昨夜除了粮仓被烧和原总兵身死以外，还有什么事么？”黄君直想了想道：“嗯……哦！还有一件事，昨夜有一群刁民故意叫嚷着要出城。大半夜的，又有敌军在城外，我们怎么能开门呢？”楚冰云点了点头道：“做得对。”黄君直续道：“我们不开门，他们就动手打人，还好我们人多，几下子将他们打跑了。”楚冰云皱了皱眉道：“这就跑了？肯定没这么简单吧。”黄君直摊了摊手道：“小的也这样认为。但是他们确实是跑了，今天没再来闹事。”

楚冰云仰起了头，心中盘算道：粮仓被烧、总兵被杀、无理取闹。这些为什么在同一个晚上同时发生，一定有阴谋……说着闭上眼睛静静地思索。黄君直见楚冰云闭上了眼睛，只道他是太累了要休息，告辞之后就离开了。

楚冰云缓缓睁开双眼，透过敞开的大门看到了月明星疏的天空，心中默念道：不知四位兄弟怎么样了。

与此同时，遥远的京城内。楚门四位公子和南宫志远、鄂雁清、赵公旺等人围坐在一桌商议。楚随云道：“如今三弟去了宣府，姬老弟又被人抓走，局势对我们不是很有利啊！”楚行云在桌子上重重地拍了一掌道：“让他们来吧！楚门不怕他们！”楚随云道：“四弟别太着急。如今楚门众弟子还没有完全掌握这‘青峰阵’的奥秘所在。况且，敌人在暗处，我们在明处，硬碰硬对我们是没有好处的。”楚行云恨恨道：“我就是咽不下这口气！一定要把他们海扁一顿！”

突然屋顶上“咯噔”一响，只听一个苍老的声音道：“五公子，请你出来一叙。”说罢便没了声音。楚行云正愁没人发泄，正想起身追赶，却被楚流云一把按住。楚行云诧异地问道：“二哥！你干什么！”楚流云道：“你刚刚没听见那人说的话吗？他只让五弟出去。你若出去不免会打草惊蛇。”楚行云动了动嘴唇，终于还是重重叹了口气，坐了下来。

楚庄云起身轻轻道：“那我走了。”南宫志远道：“一切小心。”楚庄云出了楚门，只见一辆马车停在门口，车夫下来抱拳道：“五公子果然是信人。请五公子上车吧！”说着一

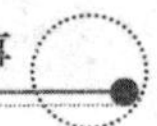

跃上了马车。楚庄云见这人武功不差，暗暗心惊道：要什么鬼名堂？但还是客客气气地回应道："由此多谢了。"

那马车行驶到一片荒凉的平地上，那车夫道："五公子，我们到了。"楚庄云下车环顾一下四周，只觉得凄凉无比，仔细一看，竟然是一片坟地！楚庄云回头问那车夫道："你把我带到这里来做甚？"那车夫只是摇了摇头道："小的只是听上面吩咐，其余的就不知道了。"说着又驾车走了。

楚庄云抽出光日辉月箫，做了个深呼吸，大声道："请问前辈是何方神圣？请速现身。"许久没有回声，楚庄云刚转过身去，只听先前房顶上那个苍老的声音道："五公子安好？"楚庄云一回头，一个仙风道骨的老人站在自己面前。楚庄云连忙下跪道："参见师叔！"原来这老道人是龙城真人的师弟羽城子。

龙城真人的师父收有三个徒弟：大徒弟广城天尊，修行于黄山，没有收弟子，因此少为世人所知；二徒弟龙城真人，修行于广东圣峰嶂，收了楚门五位公子为弟子，神出鬼没，为江湖人士所崇敬；三徒弟羽城子，修行于九龙山，只收有一个弟子，虽然常在江湖出没，但从来不露出真面目，因此江湖上甚至不知道羽城子这号人物。

羽城子摸了摸白髯，笑道："你小子倒还记得我这个师叔啊。"楚庄云忙将头低得更低道："师侄怎么敢忘！"羽城子道："起来吧。我今天单找你一个人，是为了告诉你一件事。"楚庄云忙站起身来问道："师叔什么事？"

羽城子望着天上的明月，悠悠道："庄云，你知道吗？你的祖父，跟我曾经是旧交。"楚庄云的祖父在庄云还未出生前就与世长辞了，楚庄云甚至见都没见过这位祖父，更别提别的了。当下不作声，只是屏住呼吸仔细倾听羽城子说话。

羽城子接着道：“当年，你祖父他擅长打造兵器，于是便打造出这光日辉月箫出来，他武功本来就与我不相伯仲，加上这箫的威力惊人，霎时间他在江湖上无人能敌。后来江湖上那群人说你祖父他一定在箫中藏了绝世武功图谱，其实那箫中什么都没有。”楚庄云这才恍然大悟道：“原来如此。我终于明白为什么那么多人要抢夺这箫了。”想了想又问道：“那这箫真的只是一柄普通的玉箫吗？”

羽城子转了过来，缓缓道：“不。”

第14章 南下黄山过沧州

羽城子道："是这样的。广城大师兄、龙城二师兄、你祖父和我四个是结义兄弟。当年你祖父逝世的前一个晚上，他将光日辉月箫的特异之处只告诉了广城大师兄，将箫的用法只告诉了龙城二师兄，将此箫的背景来历只告诉了我。然后，他嘱咐我们将来只能告诉你们五兄弟中的一人。"顿了顿又道："后来你祖父去世后，你父亲得到了这把箫。"楚庄云突然打断道："可是我爹爹不会武功啊。那他是怎么保全这把箫的？"

羽城子捻了捻胡须道："别急。你慢慢听啊。正如你所说的那样，你父亲他不会武功，但是……咳咳"故意干咳了几声，脸上闪过一丝得意的微笑。楚庄云立刻就明白了，说道："哦！师叔您和我师父还有师伯三人暗中保护是不是啊？"羽城子仍是一副得意的笑脸道："嗯。对了！小子还挺聪明！"说着摸了摸楚庄云的头。

羽城子道："我今天单独叫你出来到这片坟地，就是只告诉你一人。切记！不要告诉别的人，爹娘兄长都不行！"

楚庄云郑重地回答道："侄儿一定不泄露半个字！"羽城子又抬头望望月亮道："嗯，我知道的就这么多了。回去吧！"楚庄云却只是待在原地。

羽城子看了一会儿月亮，转头看见楚庄云还站在那里，不禁问道："咦？你怎么还不走啊？还有什么事么？"楚庄云摊了摊手道："可……可是……师叔，我不认识回去的路啊！我来时坐在马车里瞧不见路。"羽城子尴尬地一笑道："我倒忘了。师叔带你回去。"伸出左手道："抓住了。"楚庄云依言牢牢地抓住了羽城子的左手。忽然觉得自己飘在空中，两旁的风"忽忽"地在耳边刮过，楚庄云只觉得眼前一花，转眼就到了楚门朱红色的大门前。羽城子笑道："好了，就此别过。师叔一直会帮你。"说完白影一闪又不见了。

楚庄云一踏进大门，楚流云和楚行云就抢将上来，各拽住楚庄云的一条胳膊。楚流云问道："五弟你没事吧？"楚行云问道："五弟你没中计吧？"楚流云问道："五弟对手强不强？"楚行云问道："是哪一家哪一派的人物？"楚流云问道："光日辉月箫有没有被他们拿走啊？"楚行云问道："五弟你怎么击退他们的啊？"两人七嘴八舌，不停地问这问那。

楚庄云将两条胳膊甩了出来，笑道："两位兄长不要急。你们的问题我一个一个来回答。二哥，你第一个问题的答案是：我没事，第二个问题的答案是：那人武功很强，第三个问题的答案是：光日辉月箫在我手中，没有被拿走。"说着将箫抽了出来扬了扬。楚流云这才松了口气。

楚庄云转头又向楚行云道："四哥，你第一个问题的答案是：我没中计，第二个问题的答案是：是一个无门派的人物，或者说是一个未知门派的人物，第三个问题的答案是：非但不是我击退了他，反而还是他送我回来的。”楚行云心中一盘算，却怎样也猜不出这人的来历，两条卧蚕眉不禁微微一皱。

楚随云摸着长髯问道：“那么这是什么人呢？”楚庄云面带微笑，缓缓走下台阶道：“他就是我们的师叔——羽城子。”楚流云搔了搔后脑勺道：“羽城师叔，他怎么来了？”南宫志远平静的脸上忽然闪过一道惊异，问道：“那……那羽城子跟你说了些什么？”楚庄云察觉到南宫志远有异状，但当下也不拆穿，回答道：“对不起南宫大哥，师叔不让我跟任何人说。”南宫志远这才作罢。

楚庄云心想：师伯知道此箫的特殊之处，于是向众人一拱手道：“众位兄长，我想去黄山寻师伯，刻不容缓，我今夜就动身。咱们就此别过。”众人一听都是面面相觑，不知道说什么好。过了一会儿，鄂雁清缓缓道：“三弟，我陪你一起去吧。”楚庄云想了想道：“好吧。不过到了黄山只能我一人上去。”鄂雁清不知道他葫芦里卖什么药，但还是点头答应了。

南宫志远道：“不如我也陪你一同去吧。”楚庄云心想：正怕你趁三哥不在耍什么小伎俩，你主动要跟来那真是求之不得。于是使劲地点了点头道：“好啊好啊！南宫大哥要来，小弟求之不得呢！不过到了黄山只能我一人上去。你和鄂二哥在山下等我吧。”南宫志远淡淡一笑道：“这倒无妨。”鄂雁清撇撇嘴嘀咕道：“对他就‘求之不得’，对我就勉为其难地‘好吧’。真是……”鄂雁清虽然是低声嘀咕，但楚庄云耳功极好，这些话他都听在耳里，只见楚庄云回头向鄂雁清使了个眼色，意思道：我不担心怀疑你才“勉为其难”，我担心怀疑他才“求之不得”，别乱想了！鄂雁清会意了他的眼神，这才释然。

楚流云也慌忙道：“我也要去。”楚庄云微微一笑拒绝道：“不行。”楚流云急道：“为什么？大不了到了黄山，我也和鄂二弟、南宫老弟一起等你呗。”楚庄云轻轻摇了摇头道：“因为你和大哥、四哥还有别的任务。”楚随云问道：“哦，说来听听？”楚庄云道：“我还没想好。明天我会飞鸽传书给你们的。”楚随云捋了捋胡须道：“好吧。”

楚庄云拱手向众人告别道：“既然如此。众位兄长我们有朝一日再见！”说着走到鄂雁清和南宫志远面前道：“二位哥哥，我们走吧。”三人并肩踏出大门。待三人走远后，楚流云道：“我看五弟心中早已盘算好了我们每人的任务，怎么刚刚口头上偏说没想好呢？”楚随云悠悠道：“五弟他，是在防备奸细。”楚流云和楚行云两人面面相觑，都不再说些什么。

楚庄云等三人连夜奔至沧州（今河北沧州市），在沧州睡了一觉。第二天早上，楚庄云洗漱更衣后，敲了敲鄂雁清的房门，鄂雁清却没有来开门，楚庄云将耳朵放在房门上，隐隐约约听见鼾声，楚庄云笑着摇摇头，心道：昨晚这一路奔波，鄂二哥太累了，且让他好好休息。转身来到南宫志远的房门前。

楚庄云正想敲门，结果南宫志远的房门先打开了。南宫志远一开门就看见楚庄云，心中也吓了一跳，但还是面带微

笑道："庄云贤弟，你起得很早嘛。"楚庄云心中道：瞧你搞什么鬼名堂！但也面带微笑地回应道："南宫大哥起的也很早啊！不知大哥这么早出去干什么？"南宫志远笑道："出去锻炼锻炼，怎么？老弟有意陪我一起去么？"楚庄云心想道：你在我身旁看你耍什么花招！但还是满脸堆笑地道："好啊！正巧我也要出去锻炼一下！"

两人并肩走到客栈后院，南宫志远坐在荷花塘边的一块石头上，缓缓吟诵道："君子终日乾乾，夕惕若厉，无咎。"楚庄云不禁道："这是《易经》一书中《乾卦》的内容啊。"南宫志远道："是啊。这确实是《易经》中的。老弟可知其意？"楚庄云不禁脱口而出："有才德的君子整天勤勉努力，夜里也要提防危险，才最终不会有灾难。"随即心头一震，恍然大悟道：他这是在提醒我夜里也应该注意吗？哼！怕你不成？脸上微微闪现了一丝杀气。

南宫志远似是没有觉察到，将一只手深入池塘中拨弄那澄清的水，缓缓说道："正解。没想到老弟也对《易经》有所了解，了不起啊，了不起！"楚庄云心中微怒：你到底想要什么鬼把戏？当下不再作声。

南宫志远缓缓站起身来，慢慢踱步道："周敦颐曾经说过：'莲，花之君子者也。可远观而不可亵玩焉。'那是因为周敦颐本身是位君子，君子与君子之间当然是'可远观而不可亵玩焉'。可是要是小人与君子交往，君子一定吃亏，因为小人只会暗处放枪。"楚庄云听了这话，心中觉得有理，只不过又疑惑道：他告诉我这些干什么？难道真如二哥、三哥所说，他不是内奸？当下变得客客气气道："南宫大哥见教的是。听君一席话，胜读十年书。小弟真是豁然开朗。”南宫志远将楚庄云上下打量了一番，心道：你要是真的豁然开朗就好了。但只是点了点头，缓缓地走回客栈。

二人回到客栈，鄂雁清已经起来坐在椅子上享用早饭，看见南宫志远和楚庄云走了进来不禁埋怨道：“你们去哪里了？我等了你们半天了。早饭都凉了，快快来吃早饭。”楚庄云打趣道：“鄂二哥起得早啊！”鄂雁清叼着一只大饼，连连摆手道：“别……咕咕……别闹了。快吃饭了，一会儿我们就要走了……咕咕……”他嘴里叼着饼，是以说话不太利落。

三人吃完了早饭，正欲动身。南宫志远却一把拦住他们，打断道：“听说沧州有一处名胜——沧州铁狮子，既然来了，我们还是去看看吧。”楚庄云想了想道：反正迟早要到黄山，耽误一会儿也不算事儿。当下欣然同意道：“好啊！正好我也想去见识一下呢！”

店小二突然急急奔来，气喘吁吁地向三人道：“三位爷台，小的听你们想去沧州铁狮子那里。”鄂雁清奇道：“是啊，有什么不妥吗？”那店小二凑近了身子，低声道：“三位爷台初来沧州，有所不知。就在三天前，城中最大的地主强行将那铁狮子归为己有，每个游客都得向他交完钱后才能观赏。”楚庄云听到这里，胸中顿时有了一股怒气，不禁拍案站起大声道：“真是个欠揍的家伙！小二，这狗地主叫什么名字？家住在哪里？”店小二低声道：“那地主姓李，名叫八，我们背地里都管他叫‘李扒皮’。他家很好找，城东最阔气的那个宅子就是他的。”

第15章 侠肝义胆闹李庄

楚庄云当下朗声说道："好！看我现在就把他的府里闹得鸡犬不宁！"转身就走。南宫志远一把拉住他道："欸欸，老弟慢点儿。现在大白天的你就这么冒冒失失地闯出去，就算你把他们都宰了，你也暴露了身份啊！是吧？所以呢……"将楚庄云拉了回来，让他坐下，缓缓在他耳边道："所以我们先计划一下，今夜行动。"楚庄云想了想，觉得有理，就点点头答应了。

南宫志远悄声道："我们既然定在半夜下手，那么有一样东西我们最需要。"随即摊了摊手道："但是我们没有。"鄂雁清忙问道："是什么啊？"楚庄云淡淡地接口道："夜行衣啊。"南宫志远一拍大腿道："庄云老弟，真有你的！正是夜行衣！"楚庄云将一边的嘴角向上扬了扬，不再说话。

鄂雁清又问道："这夜行衣在哪里可以买得到啊？"南宫志远笑道："鄂老弟，这你就不懂了吧。这夜行衣啊，平常市场是买不到的。"鄂雁清奇道："为什么啊？不就是一件衣服吗？"楚庄云道："鄂二哥你平常在云南一带，有所不知。

这夜行衣啊，顾名思义就知道它是人大半夜穿的衣服。”鄂雁清歪头问道：“是啊。这又有什么稀奇的？”南宫志远笑道：“这夜行衣是墨绿色的，人穿戴时呢，要将面部都遮起来。鄂老弟，你想想看，一个人大半夜的穿着墨绿色的衣服，把脸面遮起来，能干啥好事啊！”鄂雁清恍然大悟道：“噢！这夜行衣是专门用来干坏事的！难怪市场上不卖。”楚庄云笑道：“也不全是坏事，鄂二哥你认为咱们今天晚上要干的事也是坏事？”鄂雁清忙拍了拍后脑勺道：“当然不是！都怪我刚刚一时嘴快。”

南宫志远又悄声道：“这夜行衣我估摸着只有镇上的黑店有卖的了，所以我们赶快打听打听。”楚庄云刚转过身想要去唤店小二来，南宫志远制止道：“不可。免得打草惊蛇。”楚庄云一脸茫然问道：“那我们找谁问去？总不成在大街上随便拽一个吧！”南宫志远笑道：“当然不是！”用两眼望着楚庄云，眉毛向上挑了挑道：“你觉得哪些人最了解黑店？”楚庄云凝神想了想道：“镇上的混混？”

南宫志远笑道：“混混与黑店确实应该互有来往。如果我们贸然询问，他们肯定是不会告诉我们的。只有装作是这里的新混混才行。但是……”楚庄云早就等不及了道：“别‘但是’了，我们快走吧！”说着便往外走去。

南宫志远叫住他道：“但是我们不知道这里的切口，怎么装？”楚庄云停下了脚步，回头道：“那么南宫大哥你说了这么多，最终还是在原地转圈啊！”南宫志远道：“老弟别急啊！你忘了丐帮吗？”楚庄云登时醒悟道：“还是大哥聪明啊！”说着又向门走去。

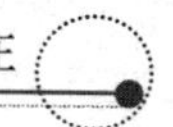

南宫志远道："先别急。你和鄂老弟都是著名人物，得换一套衣服伪装一下。"说着奔向自己的房间。楚、鄂二人互相看了看，均想道：此人心思之缜密，可谓世间绝无仅有。都跟着进了南宫志远的房间。南宫志远翻出两套旧布衣，上面已经打了很多补丁，扔给二人道："快换上。"二人都依言换上。

南宫志远又伸手在脚底上抹了两下，靠近楚庄云和鄂雁清，忽然伸手"啪啪"在两人脸颊上各拍了一掌。这一变故来得太快，楚、鄂二人还没有反应过来，又听"啪啪"两声，两人又各自挨了一巴掌。

鄂雁清大吼一声道："你干什么？"楚庄云也是一脸愕然地看着南宫志远。南宫志远赔笑道："对不起了，二位老弟。委屈你们一下，在你们脸上抹点土，免得别人认出你们来。我一个不会武功的人，打得应该不疼吧？"二人都摸了摸脸颊，确实觉得不太疼。

南宫志远道："一会儿找到一个乞丐，若是他问切口，全都答'不食嗟来食'。明白？"二人都点了点头。楚庄云急道："还等什么？快走吧。"

三人找到了一个乞丐，楚庄云上前一步打听道："我们想问一下这里的黑店怎么走？"那乞丐看了看楚庄云，大声道："一身傲气骨！"楚庄云牢记南宫志远说的话，也大声回答道："不食嗟来食！"那乞丐道："平步上青云！"楚庄云又道："不食嗟来食！"那乞丐又道："义气薄云天！"楚庄云还是回答道："不食嗟来食！"那乞丐拱了拱手道："三位原来是自己人。"

楚庄云和鄂雁清都暗暗敬佩南宫志远道：南宫大哥真是神通广大，竟然知道这三个切口的下半句一样。平常人怎么也想不到。

那乞丐又道："三位想要找黑店啊！镇上可没有。"南宫志远问道："那有没有店名里有个'黑'字的店铺？"那乞丐想了想道："也没有。倒也一个'墨惦当铺'，在镇的南边。"三人谢过后，南宫志远一挥手道："走！去'墨惦当铺'！"楚、鄂二人心中有疑，但还是跟着南宫志远到镇的南边。

一路上南宫志远感叹道："真不简单，真不简单……"鄂雁清好奇地问道："南宫大哥，什么不简单啊？"南宫志远叹道："我是说这里的那个黑店老板不简单啊。他将'黑店'两个字各加了一个偏旁部首，就成了'墨惦'两个字，这样既可以光明正大地开当铺来掩人耳目，又暗示自己人。真是不简单啊！"楚庄云微笑道："那老板绝对没有料到过有一日会碰上了我们南宫大哥这种聪明人，一眼就看破了他的如意小算盘。"南宫志远笑道："老弟取笑了。"

三人来到"墨惦当铺"前，只见当铺前一个人也没有，询问一个路人，那路人道："这个当铺的老板好奇怪的，明明开当铺却不让人当东西。我劝你们还是回去吧！"说着摇摇头走了。三人相视一笑，均想道：这是家黑店，当然不让当东西。

南宫志远先踏进门中，一个个子矮小的人忙迎出来道："本店不收东西，赶紧出去吧！"南宫志远一把挡住他，朗声道："来两件夜行衣！"那人脸色微微一变，拱手道："原来是自己人。"说完缓缓进了内室，拿出两件墨绿色的夜行衣，

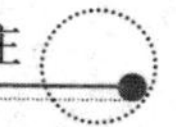

鄂雁清拿出银子正要交给他。那人却突然把手向后一撤道："各位，你们可以不用花钱。"鄂雁清高兴地说道："老板你真好！"说着就直接去拿衣服。楚庄云深知"拿人钱财，替人消灾"的道理，便冷冷地问道："你要我们做什么？"

那矮小汉子大拇指一竖道："好，是个聪明人！我要你们帮我杀个人。"楚庄云问道："谁？"那矮小汉子嘴角微微一扬道："李八！"鄂雁清笑了一声，道："这很巧啊！我们来买夜行衣也是为了要杀了这'李扒皮'。"那矮小汉子脸上闪过一丝惊异道："好！这两件夜行衣就是你们的了！不过，我明天若是没听到那李八死了，你们都别想跑！"南宫志远知道能开黑店的人，都有一个很棘手的人为他撑腰，于是答应道："大丈夫一言既出，驷马难追！"那矮小汉子点了点头，转身回内房了。

三人回到客栈，休息了一会儿，又在沧州转了转。

一转眼到了亥时，月黑风高，猫头鹰也在枝头上"咕咕"叫着，仿佛也预知到有大事即将发生。南宫志远低声道："二位老弟，换上夜行衣，你们要行动了！"二人点头应允，换上了夜行衣。楚庄云换上后，在镜子里看着自己，不禁感叹道："哇哦！我都认不出自己了，变得这么潇洒！"鄂雁清无奈地在一旁看着道："别臭美了！"

南宫志远微微一笑，抱拳道："二位老弟，一切小心！"楚、鄂二人抱拳回敬，一闪身从窗户出去了。南宫志远望着二人离去的方向，微微点头。

楚、鄂二人都是当今的轻功好手，二人遵照店小二的指示不一会儿就找到了李八的宅子，二人在宅顶上落脚，望着院里的护院武师交替巡逻，鄂雁清一个箭步就要冲下去，楚庄云赶紧拉住他，低声道：“别轻举妄动！免得打草惊蛇！”鄂雁清一脸愧疚地道：“对不起。”

楚庄云看着那些武师，心中默数道：“一、二、三、四，一、二、三、四……”鄂雁清奇道：“三弟，你在干什么？”楚庄云道：“我在数他们交替换班之间的空隙时间。好了，大概是四下。二哥，这意味着我们要在四下之内到达那里。”说着手指着远处通往里房的甬道。

鄂雁清咬咬牙道：“好吧。我尽力！”楚庄云点了点头道：“好！我数三个数，我们就冲！一，二……”二人眼睛都死死地盯着甬道，掌心微微渗出了细汗。“三！”楚庄云一声说完，二人就如离弦之箭一般冲向甬道，速度堪比流星赶月！

“呼”一声，二人脚下已经到了甬道内。而那些武师却跟瞎了眼似的，压根没看见二人。楚庄云不禁高兴地说道：“我们成功了。二哥！”鄂雁清小声道：“嘘！噤声，小心点儿。重头戏还在后面。”楚庄云忙闭紧了嘴巴，微微一笑。

二人摸到李八的房间前，楚庄云轻轻点破了窗纸，向里面张望。只见李八和他的管家在那里说话。只听那管家恭恭敬敬地说道：“老爷，今天这大狮子可帮我们赚了一大笔啊！”李八傲慢地道：“今天收了多少啊？”那管家兴奋地道：“回报老爷，今天我们收了至少二百来两银子！”李八显出一副满意的神情：“不错！不错！”站起身来，扭动他那肥胖的身体道：“这银子可是太好赚了！”

楚庄云听着听着，心里就来气：这混账东西！抢占公家的东西不说，竟然还靠此放肆捞钱？真是岂有此理！鄂雁清

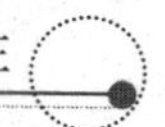

在一旁也道：“这种东西，留在世上只是个祸害！”楚庄云点了点头道：“闯进去！”伸脚在门上一踢，还没等那管家和李八反应过来，楚庄云早就一个箭步冲上前去，抽出玉箫点在那管家的“风池穴”，这一点用了他最大的劲儿，那管家叫也没叫一声，就软软地倒在地倒毙了。李八吓得连嘴都张不开，只觉得肋下一痛，已被楚庄云点中“期门穴”，坐倒在地。

鄂雁清上前道：“恶贼！你多行不义，压榨良民百姓，今日我们就替天行道。受死吧！”手指一弹，将指甲间的毒粉尽数弹在李八身上。李八挣扎了几下，脑袋一歪，就此七窍流血而死。

楚庄云道：“好了，二哥。这个祸害已除，我们也快撤吧。”鄂雁清点头道：“好！”二人足下发力，又是一闪而出，就此扬长而去。

李八和管家的尸体直到第二天早上才被人发现，沧州的邻里街坊都高兴得手舞足蹈，大声叫好。南宫志远道：“二位老弟，这次你们可是干了一件大好事啊！”楚庄云会心一笑道：“是啊，沧州百姓也能过几天的好日子了。”鄂雁清找掌柜结了账，凑过身来道：“该继续赶路了。”三人又踏上了去黄山的路。

第16章 巧施妙计除汉奸

三人正要出城，只听见身后一个声音叫道：“三位！别急着走啊！欸！”三人都觉得这声音熟悉得很，纷纷转头向后看去，原来是那个矮小的黑店老板。那黑店老板气喘吁吁地跑到三人面前，上气不接下气地道：“三位……果然是信人。李八那……那厮终于死了。”说着翘起大拇指，不住地夸赞三人。

楚庄云淡淡一笑道：“老板不必客气，那李八罪该万死，我们原本也想杀了他。话说老板你这么着急地找我们，肯定不只是为了吹捧我们吧？”那老板嘴一咧，又竖起大拇指道：“阁下真是一个聪明人。先自我介绍一下，我姓戴，名叫森澜。三位你们是自己人，我就都跟你们说了。”顿了顿然后神秘兮兮地道：“三天前，我们的兄弟在宣府那边烧了他们的粮草，杀了宣府总兵。我们还想趁混乱直接打开城门，迎接可汗大军。但是我们没有料到，宣府守兵训练有素，使我们失败了。”楚庄云听后，心中道：原来是你们这帮汉奸搞鬼！不禁咬牙切齿起来。

戴森澜却以为楚庄云也是因为打开宣府城门未遂而恨得咬牙切齿，连忙道："阁下不用如此愤怒。我们还有机会呢！明天，德州（今山东德州市）有一个秘密聚会，三位足智多谋，而且武艺高强，不如也去参加吧！"说着拿出一个黑黝黝的东西，交给楚庄云，恭敬地道："三位，这是我们帮内的通行令牌，名叫可汗令，你们拿着它就可以参加聚会了。哦，还有，我们的切口是……"向四周张望了一下，低声道："天王盖地虎，小鸡炖蘑菇。宝塔镇河妖，蘑菇放辣椒。记住了。"鄂雁清皱了皱眉道："这是什么破玩意儿？"戴森澜笑道："这个三位就不懂了吧。这个切口朗朗上口，帮内的人一学就记住了。而帮外的人无论如何也想不到。"南宫志远笑道："这真是两全其美啊。"戴森澜笑道："是啊是啊！就这样，三位我先走了。"说完扭头慢慢地离去了。

楚庄云问南宫志远道："南宫大哥，你觉得如何？"说着扬了扬手中的可汗令。南宫志远反问道："你觉得呢？"楚庄云道："我？我是一定要去的！我一定要把这群蛀虫一举消灭！"几句话说得斩钉截铁。南宫志远点点头，又伸手拍了拍楚庄云的肩头，赞赏道："为国为民！好！那我们就这样定了！德州正好顺路，我们先赶过去，熟悉熟悉！"鄂雁清虽然没有说话，但也默认答应了。

三人来到德州。京杭大运河有一百四十多公里流经德州境内，曾是历史上重要的漕运通道，德州自古就有"九达天衢"、"神京门户"之称，是全国重要的交通枢纽。而且德州历史悠久，大禹，后羿，东方朔，颜真卿，邢侗等人都在德州留下了熠熠光辉。

三人找到一家客栈。楚庄云伸了个懒腰，不禁赞道：“德州真是舒服。没想到那群狗汉奸还真会选地方。”南宫志远笑道：“今天好好休息，明天又要干出一番大事业了。”楚庄云笑了笑，忽然斜着眼睛，左手倏忽一挥，将一枚金钱镖打向窗边，大声道：“干什么的！”

只听窗外一人“唔”了一声，显是被楚庄云的金钱镖打中。随后，窗外那人一脚踹开门，手执长刃冲了进来。三人定睛一看，那人身材矮小，穿着一身黑色服饰，手握长刃，正是那天在六大处看见的忍者。鄂雁清“哼”了一声道：“原来是倭寇！”正欲出手。楚庄云早已一个箭步冲了上去，伸手点在那人手腕上的“神门穴”和“外关穴”，这一手如闪电霹雳，那忍者还未反应过来，只觉得腕上一痛，那柄钢刀“咣当”一声掉在地上。

楚庄云又伸指点了那忍者的“肩井穴”，那忍者痛得叫道：“呜——”身体一麻，瘫倒在地上。楚庄云脚尖一勾，将那忍者抛在鄂雁清面前。鄂雁清将那人的面罩一扯，厉声问道：“说！你来干什么？”那忍者道：“今天老子栽在你们手里，算老子倒霉！”

声音“咕叽咕叽”，三人都是面面相觑——都听不懂他在说什么。楚庄云大声问道：“喂！你会说中文吗？”那忍者不去理他，像是自言自语道：“万岁！（译：万岁！）”说完脑袋一歪。

楚庄云心知不妙，忙抢上前去，将那忍者的头摆正，探他的呼吸和脉搏，竟已经死了！楚庄云掰开那忍者的嘴，只见里面又一个白色蜡丸，蜡丸已经破了，竟然是自杀而死。

鄂雁清也忙蹲下来查看，摸了一会儿道："没得救了。他是用鹤顶红自杀的。"楚庄云和南宫志远心里都是一惊：这人性情竟然如此刚烈。心里都增添了一丝敬佩。南宫志远道："鄂老弟，这人是个好汉，把他葬了吧。"鄂雁清依言在客栈后院把那忍者埋了。

楚庄云道："没想到倭寇中也有如此的好汉。"南宫志远接道："一个民族中的人绝对不能一概而论。汉人也有好有坏，倭寇也是如此。"楚庄云又轻轻叹了一口气。

鄂雁清回来问道："南宫大哥，你说那戴森澜他怎么没有告诉明天聚会的具体位置呢？"楚庄云也猛然醒悟道："是啊！若不是鄂二哥心细，我竟然还没有觉察到呢！"南宫志远躺在床上，两只手交叉枕在后脑勺上，思索了一会儿道："嗯……那戴森澜是想再考验我们一下。他想让我们自己推测一下地点。"楚庄云搔了搔头道："德州这么大，我们怎么知道他们在哪里开聚会？"鄂雁清坐在自己的床上，道："愿听南宫大哥的高见。"

南宫志远笑道："高见是没有的，愚见倒是有很多。"又道："我们想一想。如果我们是那群汉奸，我们要定一个地方聚会，我们会选哪里？"楚庄云想了想道："我绝对不会在集市里或客栈里。"南宫志远笑道："汉奸议论的肯定不是什么好事！集市和客栈往来人众多，当然不会在这两个地方。"鄂雁清道："如果是我，我会选在当地黑店里开聚会。"南宫志远又是微微一笑道："鄂老弟想得不错，只是那么多人挤在一处，未免会让人生疑。"

楚庄云问道："南宫大哥，你就别卖关子了。快说说你的推想吧。”南宫志远向他笑了笑道：“依我的拙见来看，这些狗汉奸狡猾得很，一定不会在城中聚会。看来他们是要到城外去，而到城外的山地，平原也不行，容易引起他人注意。所以我估摸着只能到一所破旧的大房子里了。”说完，跳下床来道：“走，去城外看看！”

三人出了城，围绕着城池走了半圈。楚庄云突然看见一所破庙，伸手指道：“看啊！那里有座破庙！”鄂雁清笑着夸赞南宫志远道：“南宫大哥当真是料事如神。”南宫志远也欣慰地笑道：“这就对了！两位老弟，我们去酒楼里喝个痛快！”二人都叫好。

三人来到德州最大的酒楼——诗仙醉，这诗仙醉酒楼是以“诗仙”——李白的名头起的名字。李白都醉了，可见这里的酒醇香美味至极。

楚庄云进了酒楼，占了一张木桌，大声道：“小二，小二呢？快点来！”一个店小二慌慌张张地跑了过来，连声致歉道：“对不起，对不起，三位爷台！今天酒楼里突然来了一批奇怪打扮的人，好像都是蒙古那边的人，不知道他们怎么突然来了我们德州。他们人数太多，我们都忙不过来了！三位爷台，你们要些什么？”南宫志远道：“打一斤白酒，切三碟熟牛肉，然后再上一些小菜。”那店小二道：“欸。好嘞！您等一会儿啊。”说完就走了。

楚庄云低声道：“两位哥哥听见了吗？一大批蒙古来的人，我估计那些人就是明天要参加聚会的狗汉奸！”说着握紧了拳头，重重地砸在桌子上。这一声响把周围几个散客给吓到了，都齐齐望向这边，脸上露出惊恐的表情。

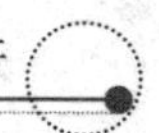

鄂雁清和南宫志远忙以笑脸打发了周围的散客。南宫志远一把抓住楚庄云的手，低声道："老弟你疯了吗？要克制情绪啊！上面都是那群狗汉奸的人，我们明天才行动，不要打草惊蛇，免得他们怀疑我们！"眼睛死死地盯着楚庄云。

楚庄云低下了头，挣脱了南宫志远的手道："是，我错了……但我实在咽不下这口气啊！"南宫志远道："嗯……他们人好多，不如趁今天解决掉几个。"楚庄云喜道："就应如此！"抽出玉箫就要冲上楼。南宫志远连胜制止道："别急。他们人这么多，你一个人都能料理了吗？我们得用计。"斜眼看见店小二正端着一盘德州扒鸡走上台阶去，便低声对鄂雁清道："鄂老弟啊，你身上有什么毒药吗？"鄂雁清道："有啊，多得很。"南宫志远吩咐道："老弟，你将一味毒药弹在那只扒鸡上，别误伤了别人啊。"鄂雁清恍然大悟：原来是要用毒啊！他竖起大拇指道："南宫大哥，真有你的！"说着右手轻轻一弹，一股无色药粉尽数弹在那只扒鸡上，端盘子的店小二都没有沾到半分，楚庄云赞道："鄂二哥好本事啊！"鄂雁清微笑道："过奖过奖。熟能生巧罢了。"

那店小二果然将那盘扒鸡送到了那些蒙古打扮的人屋里。待店小二走后，那些人开始吃扒鸡。"哎哟……哎哟……我……我怎么肚子……肚子痛得厉害！哎哟……"其中一个人呻吟道。其余人也都趴在桌子上，两只手捂着肚子道："好痛啊！好痛啊！""这一定是这破酒楼下了药！"其中一个愤怒地大喊道。"没错！没错！"其余的人也都愤怒地叫嚣道。先前那个人又道："等我们……哎哟……好了，我们就……哎哟……烧了这破酒楼，弄死这里面……哎哟……的每一个人！”

“我看要死的是你们吧！”一个声音在外面响起，转眼一个人影闪了进来，手执玉箫，正是楚庄云。又听楚庄云道：“你们这群卖国求荣的狗汉奸！明年的今天就是你们的忌日！”左手一扬，一把金钱镖打了出来，分别打在众汉奸的死穴上。那些汉奸连哼都没哼一声，就此毙命。

楚庄云又一闪身出了包房的门，回到自己的座位，旁若无事。由于他的身法太快，众散客都没看见他顺手杀了人。店小二见一直吵吵闹闹的包房突然变得寂静异常，便去查看。望着满地的尸体，店小二不禁大呼道：“来人啊！死人了！”楚庄云三人故作惊讶，趁乱偷偷溜走了。

第17章 百密一疏露踪迹

楚庄云等三人出了诗仙醉酒楼，一路奔回客栈。楚庄云一回到房间，将门窗关好，低声赞南宫志远道：“南宫大哥，真有你的！”南宫志远坐在床上，只是不停地微笑。

原来南宫志远的打算是这样的：先让鄂雁清往德州扒鸡里下毒，让那群汉奸失去抵抗之力，只得任人宰割。但是南宫志远又担心下毒会暴露鄂雁清的身份，便让楚庄云借去茅厕为缘由，顺手杀死那些人。这样的话，他人便以为是有人用暗器将众人打死，怎么样都不会怀疑到擅用毒的鄂雁清了。

鄂雁清也附和道：“是啊，是啊。南宫大哥你心思太缜密了，竟然还想到用毒可能会暴露我的身份，真是智多星啊！”楚庄云也笑道：“南宫大哥，你恐怕比我三哥还要聪明哦！”南宫志远忙摆摆手道：“谬赞了，谬赞了。两位贤弟莫取笑我了。冰云老弟深通用兵之道，我跟他比，简直就是一个在天上，一个在地下，我怎么比得过他呢？”楚庄云笑道：“南宫大哥太谦虚了！”鄂雁清插道：“我们赶快休息好，明天那才是真正的战斗。”说完便躺下了。

第二天早上，三人洗漱完毕，来到破庙前。楚庄云前脚刚一跨进庙门，一个黑影便闪了过来，阴森森地道：“天王盖地虎！”楚庄云微微一笑，接道：“小鸡炖蘑菇！”那人又阴森森地道：“宝塔镇河妖！”楚庄云仍保持着一副微笑的脸，继续道：“蘑菇放辣椒！”那人面色顿时缓和下来道：“三位兄台是哪里人？”南宫志远从怀中取出可汗令，交给那人道：“我们是由沧州戴森澜介绍过来的。”那人接过可汗令，看了一下就还给了南宫志远，拱手道：“三位请进。”

三人由那人带到庙后，一群人已经在那里坐下了。只听见一个人晃头晃脑地问道：“老张，这三人是谁啊？”楚庄云自我介绍拱手道：“小弟姓云，上丈下初，‘丈’乃‘丈夫’的丈，‘初’乃‘初衷’的初。”指着南宫志远道：“这位兄长姓袁，上智下南。‘智’乃智慧的智，‘南’乃南方的南。”南宫志远也向众人一揖，有些人还礼，有些人装作没看见。楚庄云又指着鄂雁清道：“这位兄长姓秦，上延下恶。‘延’是延长的延，‘恶’是厌恶的恶。”鄂雁清也拱手向众人行礼。楚庄云又道：“我们是由戴森澜推荐到此的。希望能帮得上各位的忙。”那些人都道：“好说，好说。”

先前那人道：“好啊。三位先自我介绍了。那么我齐某也不能落后啊！三位兄弟，我姓齐，名字上兴下远。”三人都拱手客客气气地道：“齐大哥！”齐兴远裂开嘴巴，乐呵呵地答应道：“欸！云老弟，袁老弟，秦老弟，今后我们就是一条绳上的蚂蚱喽！看我们一起帮可汗复国，将姓朱的赶回去种田！哈哈！”

从墙角传来一个声音冷冷道："齐兴远！你什么意思！'一条绳上的蚂蚱'是指谁也别想推脱责任，要死一起死，要活一起活。我们计划如此周到，一定死不了的。而你却故意咒我们，用心何在？"楚庄云心中不住冷笑道：还死不了？今天就叫你们去见阎王！那齐兴远一张黝黑的脸涨红得像一块猪肝，只见他站起身来指着墙角道："卢定安！你就是故意给老子挑刺儿！老子就是表达一下对三位新兄弟的欢迎而已！我看你才是居心不良！"

眼看一场大战即将爆发。楚庄云等人还求之不得，正准备坐下来看热闹。一个威严的声音突然想起："齐兴远！卢定安！要我说多少遍，不要把私人恩怨带到公共场合上！你们当着新人就是这么混账吗？"齐、卢二人一下就不作声了。

那声音继续道："卢定安，这回是你先挑起的。"猛地"啪"一声，卢定安重重地受了一掌。"啊！"卢定安惨叫一声，软软地瘫倒在地上，竟然晕了过去。楚庄云心头一跳，自忖道：听这卢定安说话的时候内力充沛，是个二流好手，怎的如此不济？一掌就被打晕了？是了，一定是打他的那个人武功比他好得多，才能一掌将他打晕。唉，这群汉奸中也有这样的强人，这可如何是好啊？脸上不禁暗暗担忧起来。

只见老张从一旁提起一个装满水的水桶，走到卢定安面前，"哗啦"将水尽数泼在他的脸上。"呜啊！"卢定安一下子从地上坐了起来，甩了甩脸上的水滴，低声感谢道："多谢张老哥。"老张点头应了。卢定安又朝中间的一个人跪下道："卢定安知错了！老大打的对，打的对！"说完"咚咚咚咚"在地上连续磕了四个响头。楚庄云等正感到惊愕的时候，卢定安又举起自己的双手左右开弓，“啪啪啪啪”在自己的脸颊上打了四个巴掌。楚庄云清晰地看见卢定安的双颊已经高高肿起，额头上鲜血直流，神情甚是可怖。

那老大这才说道：“这次看你诚心悔改，我就饶过了你。下次休要再犯！”转身对楚庄云三人道：“三位新兄弟，我是这个组织的老大。我叫洪蒙成，欢迎你们！”说着伸出了自己蒲扇般的大手。楚庄云笑道：“多谢洪老大。”说着也伸出自己的手。蓦然，楚庄云一接触到洪蒙成的手，只觉得身体犹如触电一般，一股炽热的内力传了过来。楚庄云很快恢复了镇定，暗运内力阻遏住了洪蒙成的内力，反而将内力传导到了洪蒙成的手臂。

洪蒙成手臂只觉得一震，随即觉得麻痒难当，连忙松开楚庄云的手，笑着说道：“云兄好身手啊！”随即又去握鄂雁清的手道：“欢迎你，秦兄。”鄂雁清也愉快地伸出手来。洪蒙成又觉得手上寒冷无比，忙甩开道：“来人！给我拿下了！”

楚庄云一听，心道不妙，抽出光日辉月箫，疾点了四人的穴道，反手一捉，将齐兴远擒拿在手。左脚一蹬，右脚飞踢，将守在庙门的两人纷纷踢开，飞一般地闪了出去。鄂雁清左手护着南宫志远，右手食指和大拇指之间一扣，一弹，霎时间破庙里布满了毒粉。众人呛得连连咳嗽，有的甚至已经趴在地上打滚。鄂雁清低声道：“快走！”说完一闪身出了破庙。洪蒙成等人在破庙里望着三人的背影破口大骂，却是望尘莫及……

楚庄云三人回到德州，南宫志远气喘吁吁地道：“这里……这里不能再住了，要……要赶紧撤离！”三人匆匆收

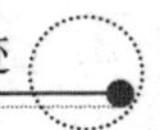

拾好东西，一路飞奔到齐州（今山东济南）。

鄂雁清问道："南宫大哥，为什么那洪蒙成一碰到我的手就发觉我们是奸细了呢？"南宫志远道："我也不知道。欸对了，鄂老弟，你的手上涂了什么？"鄂雁清道："我为了给他个下马威，就事先涂好了'冰凝散'啊！"南宫志远继续追问道："那么这'冰凝散'有什么特殊之处吗？"鄂雁清踱步道："嗯……这冰凝散嘛，人的皮肤沾到它就会觉得奇寒无比，如果吞服下去的话，就会痛苦难当，一个时辰之内必死。死后尸体立即转变为冰凉。"

南宫志远道："那你昨天下的是什么毒？"鄂雁清摊开双手道："就是这冰凝散啊！"南宫志远猛地站起身来，恍然大悟道："我知道了！一定是洪蒙成检查尸体时觉得冰凉异常，而刚刚他与老弟你的手掌一接触，就觉得这感觉十分熟悉，就因此断定是你杀害了那群人。"

听到这里，楚庄云和鄂雁清也恍然大悟。鄂雁清满脸愧疚道："都是我不好。不该用同种的毒药，让洪蒙成那死汉奸看出了破绽。"楚庄云忙道："鄂二哥不必自责。这种事情谁料得到？既然老天要我们这次失败，下次就一定会让我们成功！"鄂雁清点了点头，但还是坐立不安。

南宫志远也坐在床上，一边拍大腿，一边喃喃自语道："罢了，罢了。百密一疏，百密一疏啊！唉……"楚庄云道："南宫大哥不必灰心。至少我们知道了那群汉奸头子叫洪蒙成，还有别忘了我还抓到了他。"说着将齐兴远重重地抛在地上。齐兴远口中被塞了一个纸包，全身又被楚庄云点了穴道，动弹不得，只得用怨毒的目光看着三人。

楚庄云“呵呵”冷笑几声，左脚连踢几下，解开了齐兴远的穴道，又闪电般将纸包拿了出来。齐兴远破口大骂道：“你们几个小兔崽子！亏老子刚开始还把你们当朋友！一群王八……唔”没等他骂完，楚庄云又闪电般地将纸包重新塞回了他嘴里，脚尖一踢，重新点了他的穴道。

南宫志远这才转忧为喜道：“不错。有了他，我们也能得到更多有用的信息。”

第18章 千钧一发显神技

忽听得门外一阵嘈杂。只听见客栈老板道："几位是哪里人？欸！欸！"又听见一个人瓮声瓮气地说道："滚开！这里没你的事！"又听那老板道："几位大爷，小店做的是小本经营，你们这么一闹影响了客人休息，小店以后就只能做赔本生意了啊！"突然听到一阵剑拔出鞘的声音，"啊！"那老板惨叫一声，就没了声音。

楚庄云又怒又惊，猛地拉开门一脚飞踢过去，正踢中最前头那人的小腹。这一脚上用了千钧之力，只踢得为首那人胸中翻江倒海，喉口一甜，"呜哇！"吐出了一大口鲜血，向后连退几步，脚下一软坐倒在地上。

其他人马上大呼道："就是他！就是他！"说完纷纷抽出兵器一拥而上。楚庄云抽出光日辉月箫，左挡右格，却总是脱不开身。那群人又大呼道："光日辉月箫是我们的了！是我们的了！"南宫志远和鄂雁清也奔了出来。鄂雁清冷笑道："以多欺少，也算正人君子所为？"说着便欲纵上前相助楚庄云。

南宫志远左手拦住鄂雁清，微笑道：“让庄云老弟多多历练一下。”鄂雁清急道：“可……”南宫志远打断他道：“不必。实在不行的话，我会暗中帮他。”鄂雁清撇了撇嘴，心道：你又不会武功，怎么帮他。心中这么想，嘴上可不敢说出来。

楚庄云以一敌三，兀自不败。只是那三名剑客武功太过怪异，一时间无法分辨。忽听南宫志远朗声道：“东海三杰，你们的师父周焰德老先生可好啊？”那三名剑客抬起头来一看，其中一个问道：“你……你怎么……啊！”说话间，楚庄云玉箫攻到，迅速地点了三人的穴道。三人瘫倒在地，其中一个蹙着双眉，瞪大眼睛，厉声道：“不服不服！你使诡计转移我们的注意力，我们才被你点中穴道。不服！”

楚庄云也瞪大眼睛，死死地盯着那人道：“你还有脸说不服？你们三个打一个还有脸说不服？去！”说着在三人的“百会穴”上轻轻拍了一下，三人就昏了过去。

对方一个人仗剑走出，深深向下一揖，道：“在下来领教阁下高招！请！”楚庄云“哼”了一声，也道：“请！”那人道：“得罪了！”挺剑攻向楚庄云。楚庄云冷笑一声道：“哼！都是来抢箫的，假惺惺地客气干什么！给你便是！”将箫朝那人掷去，同时右脚踢那人下腰。

那人见自己梦寐以求的光日辉月箫正朝自己飞来，心头窃喜，伸手刚要抓住，楚庄云右脚已至。“唔……”那人腰间一痛，倒在地上。楚庄云一脚将那人踩住，大声喝道：“还有谁要来领教领教小爷我的厉害！”

一个高大的人从众人身后走了出来，道：“我来领教一

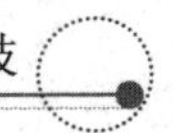

下！”将两条袖子一撂，脚尖一点就飘到楚庄云面前，“呼”地一掌打向楚庄云面门。楚庄云将脚下那人一脚踢开，只觉得胸腔微窒，闭上眼睛也挥掌向前一拍，只听得“嘭”一声，两股内力相撞，发出了巨大的响声。

那人冷冷地道了一声：“功夫还不错！”抬腿扫向楚庄云的底盘，楚庄云正要躲避。南宫志远大声道：“庄云老弟别躲，点他腿上的穴道。”那人脸上微微一变，道：“好小子！”脚下一踩飞身抢到南宫志远面前，两拳共发，一招“钟鼓齐鸣”照着南宫志远的“太阳穴”就打了下去。那人身法太快，楚庄云和鄂雁清想要回救，已经来不及了。

说时迟，那时快。南宫志远迅雷不及之势抬起枯瘦的手指点了那人周围穴道！那人“咕”了一声，推开两步道：“你是……”就双脚一软，倒在地上，只是张大了嘴巴，发不出半点儿声音。

南宫志远慢慢走到那人身前道：“一报还一报。任南通啊任南通，你前不久刚刚派人来刺杀流云大哥，结果阴差阳错把我给伤了。今日我就让你也放点儿血，让你知道受伤的滋味。”说着在任南通的腿间疾点三下，又在任南通胸口上一拍。任南通刚要出声，一口血却先喷了出来。南宫志远冷笑道：“哼哼哼哼，任掌门，你这受的好像是内伤啊！这可不太好治了哟。啧啧啧……”

任南通想坐起来，却被南宫志远死死地压在地上，南宫志远故意幸灾乐祸道：“怎么了？任掌门，不会还要我教你怎么站起来吧？这么大一个人了，当着大家的面儿别丢人现眼啊。”言外之意已是将任南通看成一个婴儿。楚庄云和鄂雁清都不禁“噗哧”笑出了声。对方众人都屏住了呼吸，强行不让笑声发出，一张张脸都涨得通红。

任南通身为一帮之主，哪里受过这等奚落？任南通知道今日丢人算是丢大发了，如果自己苟且偷生，只怕今后天剑门都无法在江湖上立足。当下大喝一声，如雄狮清啸，继而大声道:“你赢了！你赢了！”说完头一歪，重重地砸在地上。鄂雁清忙上来查看，探了探任南通的鼻息和脉搏，最后还是摇摇头道:“没救了……”南宫志远叹道:“唉……可惜了。”那群人见任南通已死，慌忙将东海三杰背起，两个人去将任南通的尸体抢回，纷纷夺路而逃。

楚庄云铁青着脸，问南宫志远道:“南宫大哥，你不是不会武功的吗？”南宫志远笑道:“我确实不会武功啊！我刚刚那一下子不是江湖上任何门派的武功啊。”楚庄云心想:刚才确实没看出来他那一下子的来路。但还是拉下脸道:“你到底是什么来路？”南宫志远摆了摆食指道:“老弟啊，我确实不会武功。实话说了吧，刚刚那一下子是我从《易经》里演绎出来的。”楚庄云奇道:“《易经》里演绎出来的？不可能吧！《易经》又不是武林秘籍。”南宫志远笑道:“这你就不知道了吧。《易经》虽然是本风水书，但只要你肯发挥想象，将书中所含内容全都串联起来，你就可以有新的见解。甚至可以易筋锻骨。”说着两手背在后面，缓缓踱回房间。

楚庄云还是将信将疑，鄂雁清吐了吐舌头道:“南宫大哥真奇怪。”楚庄云点了点头，却不答话。“欸？”屋内传来南宫志远的声音。“怎么？”楚庄云和鄂雁清一个箭步冲进了房间。南宫志远坐在地上，不住地拍打自己的脑袋道:“真

是糊涂！糊涂啊！那人竟然被救走了！”楚庄云环顾一下房间，果然，齐兴远被人救走了。窗户被人打破，看来齐兴远是被人从那里救走的。

楚庄云垂下脑袋，心中大骂自己无能，连个人都看不住，叹道：“前些日子那个假侍卫就是这样调虎离山被救走的，今天我又中了同样的计谋，我真是无用！”鄂雁清安慰道：“别这么说。看我们再将那齐兴远抢回来！”楚庄云眯起眼睛，摆出一副不信的样子道：“二哥别说笑了，我武功比那洪蒙成最多只高一筹，他们人多势众，我们三人是万万打不过的。”鄂雁清却笑了笑道：“不是洪蒙成他们救的。”楚庄云觉得自己听错了道：“你说什么？”鄂雁清道：“不是那帮汉奸救的！”

南宫志远道：“对。应该是那帮忍者干的。你看，这窗户纸是由利刃刺破的。若是那群汉奸的话，他们只能用拳头打破这窗户纸。”鄂雁清笑道：“南宫大哥明鉴。”楚庄云恍然大悟道：“那我们赶快顺着足迹去追啊！”说完跳出窗外，轻轻落在地上。

鄂雁清和南宫志远对望了一下，也双双跳出，跟在楚庄云身后。

第19章　神机妙算审黄衫

楚庄云顺着足迹一路狂奔，边奔边想道：这忍者的轻功倒是稀疏平常，一路上留下这么多足迹。突然觉得有些不对劲，脚下急刹又想道：上次在六大处的时候，那些忍者进攻勇猛，撤退有序，绝对不是一群乌合之众，反而像是一支训练精良的特种部队。他们绝对不会犯这种低级错误的。想必是有埋伏。想着想着脚下竟踌躇起来。

正当楚庄云一筹莫展时，南宫志远和鄂雁清也已奔至。楚庄云斜了一眼南宫志远，笑道："南宫大哥，你这轻功也是从《易经》中演绎出来的？"南宫志远原本一张白脸变得更加惨白，只见他气喘吁吁地道："老弟啊……你……难道……没看见……我是被……鄂老弟拉着……走的吗？呼哧……"楚庄云这才看清楚，原来鄂雁清拉着南宫志远的胳膊狂奔。

南宫志远缓缓坐在地上，大口喘气道："鄂老弟啊……你下次走……走慢点……"鄂雁清白了他一眼，低声道："刚才明明是你一直催我要快点走，快点走的。怎么现在又来怪

罪我？真是……”

楚庄云微微一笑，并不答话。待南宫志远一张惨白瘦削的脸渐渐有了红色，他抬起头来问楚庄云道：“欸，庄云老弟。我说你刚刚怎么跑着跑着就停下来了？”鄂雁清转过头来，又白了他一眼道：“怕你待会呼吸不畅而导致窒息死亡啊。”南宫志远也白了他一眼，不再说话。

楚庄云看着地上的脚印，低头沉思道：“两位兄长，你们不觉得有蹊跷吗？”南宫志远也静下心来，好好想了想道：“嗯，是有点奇怪。上次听行云老弟描述那群忍者的进攻和撤退的情景时，大家都认为这群忍者是些有勇有谋，作战经验丰富的人，极其难对付。按照常理是不会犯这种错误的。”楚庄云点了点头表示认可。鄂雁清看着南宫志远道：“南宫大哥，没想到你的脑袋还是那么好用。”南宫志远笑了笑道：“这是当然。我累坏的是身子，又不是脑子，当然还好使。”

楚庄云正要答话，耳边只轻微地听见“簌簌”两声，又看见几根翠竹向这边飞来，心中暗道不妙，左袖一翻，右手一推，一股劲风呼啸而去。“咔咔咔咔”，翠竹纷纷断裂成几段，散落在地。鄂雁清道：“果然中了敌人的奸计……”话音未落，又有几枝翠竹从另一旁飞来径直射向尚坐在地上的南宫志远。南宫志远盘坐着的双腿一发力，直接从地上跳了起来，躲过了最下面那只翠竹，在空中稍稍一扭，又躲过了两侧的翠竹。但是最后一支是无论如何也躲不开了。

危急关头，楚庄云右手抽出光日辉月箫，刺向那根翠竹。手腕顺势一翻，将那根翠竹调转了方向，向丛林中射去。只听丛林中一个声音响起：“唔……”好像是被翠竹射中了。楚庄云跃进丛林里，将那人揪了出来，扔在地上，大声喝问："说！你们到底是什么来头。"

鄂雁清突然道："咦？姬大哥！你怎么会在这里？"楚庄云心中一惊，将那人身子翻正一看，不是姬元明是谁？楚庄云连忙抱住姬元明，一脸愧疚地道："姬大哥，小弟刚刚误认为你是倭寇，下手狠了些。不要见怪……"姬元明只是微微笑了笑，张开嘴唇想要说话，但总是发不出声音，只是不停地"啊——啊——"地呻吟。

鄂雁清将那支翠竹从姬元明小腹上拔了下来，从怀中掏出金创药敷上，又掰开姬元明的嘴，左手食指和大拇指一扣，一弹，一种黄色药粉弹入姬元明嘴中。楚庄云大惊，因为他认为鄂雁清的手指上都是毒药，忙道："鄂二哥！你喂毒药给姬大哥干什么？"鄂雁清只是笑了笑，并不答话。

一旁的南宫志远反而回答道："老弟啊，你没看见吗？鄂老弟杀人用的总是右手，而刚刚他用的是左手啊。"楚庄云回过头急道："我看见了啊！"南宫志远眯着眼睛，不慌不忙地道："那你看见了还着什么急啊！鄂老弟左手装的是解药，右手装的是毒药。你没发现吗？"鄂雁清微笑道："南宫大哥真是料事如神。"楚庄云这才歇了口气。

鄂雁清又撕下自己的袖子，给姬元明包扎好后，站起身来拍拍手，满意地道："这样就好了。姬大哥别担心，等再过一个星期你就没事了。现在你先休息会儿吧。"姬元明点了点头，缓缓闭上了眼睛。南宫志远道："来。庄云老弟。就由你背着姬老弟回客栈去吧。"楚庄云指着自己道："我？为什么？"南宫志远道："当然是你。谁叫你调竹竿把姬老弟

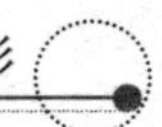

打伤的呢。”说着耸了耸肩，往原方向走去。鄂雁清笑着看了一眼楚庄云，跟在南宫志远身后。

楚庄云摇了摇头，心道：姬大哥曾为我赴汤蹈火在所不辞。我就背一下他，又有什么怨言？托起姬元明的身子，背在背上，朝南宫志远和鄂雁清道：“喂！两位兄长等等我啊！”说着脚下拔足便奔。从林后一双眼睛微微一眯，一转眼就不见了……

四人到了客栈大门前。南宫志远先踏了进去，只觉得一股血腥味扑鼻而来。他身子弱，自然受不了这恶心的血腥味，不禁连连倒退，从门槛上跌了下来，摔在地上。鄂雁清忙抢上前一步，不住地拍打着南宫志远的背，从怀中拿出一粒药丸道：“南宫大哥吃了这粒药丸，它能让你变得清爽一点儿。”楚庄云等人都认识那药丸，那便是六大处时鄂雁清给众人的药丸。楚庄云伸手道：“鄂二哥，我也要。”鄂雁清笑了笑道：“三弟，我们就不必了。这药丸只要吃过一个，就不必再吃了。”说着便踏进客栈。楚庄云扶起地上南宫志远，背着姬元明也进了客栈。

鄂雁清站在门口，两拳握紧，恨恨地道：“店里的人竟然都被那群狗崽子给杀光了！”楚庄云一听，惊讶地问道：“那群狗汉奸？”姬元明点了点头道：“应该就是那群人！不，那群狗！”楚庄云也是十分悲愤，发誓道：“我一定要将那群狗全部杀光，来告慰这些无辜百姓的在天之灵！”

姬元明听到他们的呼喝声，悠悠醒转，睁眼一看到横七竖八的尸体，不禁吓了一跳道：“这是谁干的？怎的如此狠毒，将店里的人都杀光了？”鄂雁清道：“那群狗汉奸！”姬元明问道："跟日本人勾结的汉奸？"楚庄云道："不是他们。是跟蒙古人勾结的汉奸杀的。"姬元明道："你们怎么又惹上了他们？"楚庄云便将向戴森澜买夜行衣、深夜刺杀李八、诗仙醉上计杀汉奸、混进汉奸群中未遂被识破一五一十地告诉了姬元明。

姬元明感叹唏嘘道："你们经历了这么多凶恶的事件。真不容易……"南宫志远突然插嘴道："欸。姬老弟，你怎么会在那片丛林里啊？"姬元明叹了口气道："唉。我也不知道啊。自从我被那群人掳走以后，他们天天鞭打我。看。"说着撩起自己的衣袖让大家看，三人一靠近，这才看清楚：姬元明的手臂上全是一条条暗红色的鞭痕，有的甚至高高地肿了起来，样貌着实可怖！

鄂雁清不禁倒吸了口凉气，过了一会儿才缓缓说道："姬大哥，他们的鞭子上是不是还挂有倒刺儿？"姬元明奇道："是啊。你怎么知道？"楚庄云指着一处伤疤道："喏，这一道口子周围还有别的小口子，不是倒刺儿刺的，还能是什么东西刺的啊？"

姬元明又感叹道："唉。鄂二弟，你跟着三弟和南宫大哥久了，人也变得这么聪明了。而我跟着那群日本人待了这么久，都变得更笨了。"三人知道他是拿倭寇开涮，说倭寇笨，都不禁哈哈大笑起来。姬元明继续道："昨天，他们竟然在饭里下了药，把我迷晕了过去。醒来后，我就在那个草丛里了。"

楚庄云道："那群汉奸既然开了聚会，就一定又有阴谋。当务之急，是赶快赶到宣府去助我三哥一臂之力！"鄂雁清

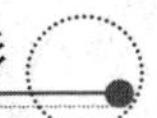

问道："那黄山你不去了吗？"楚庄云白了他一眼道："是去黄山事大，还是保宣府重要？"鄂雁清不敢直视他的眼睛，低下了头道："当然是保宣府重要。"

四人走进房间。蓦地从门后面钻出两名黄衫人，一个攻向楚庄云，另一个刺向鄂雁清。楚庄云背上虽然背着姬元明，但身手依旧很敏捷。只见他右腿横扫，踢向那黄衫人下盘。那黄衫人向上一跃，楚庄云微微一笑道："中计了吧！"那人一惊，愣在一旁，楚庄云笑道："笨！"伸手两指点在他的"志室穴"和"膻中穴"上。那人瘫倒在地上，愤怒地说道："你小子耍诈，竟然玩阴的！"楚庄云将姬元明平放在床上，凑到那黄衫人面前，阴沉着脸道："那你们从门后面突然钻出来，算是光明正大？"那黄衫人自知理亏，便闭上嘴唇不再出声。

鄂雁清凑了上来道："你们受何人指使？快说！"楚庄云插嘴道："鄂二哥，你那个敌人呢？"鄂雁清嘴向后努了努，示意让他向后看。楚庄云向他身后望去，只见那名黄衫人一直在地上打滚，口中不断哀号着，涎水流了一地。楚庄云看着于心不忍，变向鄂雁清道："鄂二哥，你要么就杀了他，要么就点他穴道，别这般折磨他啊！太残忍了。"鄂雁清笑了笑道："还是三弟有仁慈之心啊！不过方才如果我饶恕了他，现在这般狼狈模样的就是我们了啊！"但还是走到那人身旁，左手轻轻一弹。那人立马就消停下来了，只是躺在地上不住地喘息，向四人怒目而视。

鄂雁清斜着眼睛回瞪着他道："喂！你看什么看！你要是再这么不友好地看着我们，信不信我还让你尝尝方才那

‘麻筋散’的滋味，怎么样？”那人马上别过头去，不再盯着四人。

楚庄云继续审问第一个黄衫人道：“你叫什么名字？”那人干脆闭上眼睛和嘴唇，就是不说。南宫志远突然走到他面前道：“哎呀！我看你面色不太好啊，我来给你探探脉搏怎么样。”伸手向那黄衫人的脖颈摸去。那黄衫人大惊道：“欸欸欸！你探脉搏应该摸手腕啊！怎么碰我脖颈？欸！哈哈哈哈……”南宫志远已经碰到那黄衫人的脖颈，痒得他不住大笑。南宫志远装作没听见，装模作样地说道：“哦？看来你病得还不轻嘛！”手指动得更快了。

那黄衫人痒的连眼泪都出来了，但是苦于身体被点了穴道，动弹不得，只是放声大笑：“哈哈哈哈哈哈……”南宫志远仍道：“你到底说不说啊？不说就挠死你。哼哼……”那黄衫人连连道：“我说，我说，别挠了。咳咳……”鄂雁清阻挡道：“南宫大哥别挠了，再挠他就要断气了。”南宫志远笑着收回了手道：“好小子，老实交代吧！”

那黄衫人道：“我叫水清景，他叫水清和。我们是兄弟。”说着嘴向另一个黄衫人努了努。南宫志远问道：“哦？是兄弟俩吗？”水清景道：“不是。”鄂雁清道：“还狡辩，你刚刚还说你们是兄弟的！”作势便要打。水清景忙道：“冤枉，真的不是啊！我们是四兄弟，我爹爹按照范希文写的《岳阳楼记》里的‘春和景明’四个字分别给我们起的名字啊！”

楚庄云吐了吐舌头道：“四兄弟，有点多啊。”水清景看着他道：“您家不是五兄弟吗？岂不是更多？”楚庄云耸了耸肩不再说话。南宫志远继续问道：“你们是谁派来的？”水

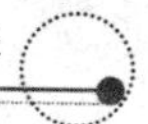

清景道："具体我们也不知道。我只是清风教的一个小香主，上方给我下达了命令，我就来执行了。"南宫志远又问道："你们教主是谁？"水清景道："我们教主就是我爹爹——水仲文！"

楚庄云不禁问道："你爹爹既然是教主，为什么你们四兄弟都只是香主呢？"水清景道："爹爹为了磨砺我们四人，就与一般教众一视同仁喽。"鄂雁清感叹道："真是一个公平公正的人！"水清景见他夸赞自己的爹爹，不禁洋洋得意起来。

南宫志远接着问道："你还知道哪些情报吗？"水清景想了想道："嗯……哦对了！前几天我经过爹爹的房间时发现爹爹在和三个人聊天。其中一个说什么下个星期，也就是今天的申时在衡水城（今河北省衡水市）的悦来酒楼里要会见一个人，其余的……我就不知道了。"

楚庄云想了想说道："姑且信你一回。不过我们得带上你，以免你去给他们通风报信。要是你说了一句假话，我就当中挠死你！"水清景忙道："不敢，不敢。"

第20章 神风无影心起疑

楚庄云装作生气道："你竟敢说我不敢挠死你？"水清景忙道："不敢不敢！是我不敢说一句假话，不是您不敢挠死我！"其余众人都不禁放声大笑，南宫志远一边捂着肚子，一边道："行了，庄云老弟。你别欺负他了，他人还挺实诚的。"楚庄云顽皮地笑了一下，伸手解开了水清景和水清和的穴道。

鄂雁清突然厉声问道："嗯对了，这客栈的人怎么都死了。说，是不是你们杀的？"说着，脸上不禁浮现出悲愤的神情，右手不禁对准了水氏兄弟。水清和还是一副爱理不理的样子，鼻子冷冷地"哼"了一声，闭上眼睛扭过头去不看他。而水清景却连连摆手道："鄂大哥，真的不是我们啊！我们……我们就两个人，要杀也杀不过来啊。况且，我们虽然来刺杀你们，也是不得已而为，我们又何必杀戮这么多无辜的生灵呢？"南宫志远坐在一旁拍打着自己大腿道："欸，鄂老弟啊。他们两个比庄云老弟还小，只能算是孩子。孩子怎么可能下这么狠毒的手啊！"水清景向他投来感激的一瞥，

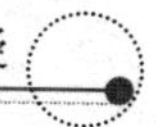

然后转头又向鄂雁清道："是啊，鄂大哥。我们下不了这个狠心啊！"鄂雁清还是一副咬牙切齿的表情道："人不可貌相。小小年纪也有可能是心狠手辣、杀人不眨眼的恶魔！"

楚庄云道："是不是他们杀的，出去检查一下死者的伤口便知。"说着跳到客栈大堂内，随手捡了两具尸体，脚下一点又跃进房间来，将尸身往地上一掷，道："鄂二哥你检查一下吧！别冤枉了好人。"鄂雁清却道："伸出你的手来。"楚庄云心中奇怪，刚想说道："死者又不是我，你检查我干什么？"转念一想：鄂二哥害怕尸体上沾有毒粉，是要帮我检查一下。这是为我好啊！面带感激地伸出双手。鄂雁清检查了一番，见楚庄云的手掌并无异状。这才放心道："还好没毒。下次别这么草率地碰尸体了。"楚庄云低头道："是。聆听鄂二哥的教诲。"

鄂雁清撩起袖子，蹲下来细细检查两具尸体。只见他翻开死者的眼皮和嘴，缓缓道："不是被毒死的。"又接着道："咦？他们的衣服一点儿也没有破损。这还不止，他们衣服上一点儿血渍也没有。当真邪门！"楚庄云问道："难道他们一下子就全都自然死亡了？"鄂雁清白了他一眼道："你觉得可能吗？"说着从怀中拿出一个银灰色的东西，在两具尸体上探来探去。

水清景眨了眨眼睛，忍不住问道："鄂大哥，这是什么？"鄂雁清一边检查，一边回答他道："这是'慈石'，是我从罗盘上取下来的一小块。"水清景仍旧不明白，继续问道："'慈石'？用这个检查有什么用吗？"南宫志远插嘴道："景老弟，这'慈石'可以吸附所有细微的暗器、毒针什么的。而这些东西我们光用眼睛是看不见的。”水清景这才恍然大悟道：“噢！原来如此！”

过了许久，鄂雁清收起了慈石。楚庄云忙问道：“鄂二哥，怎么样？有没有什么新发现？”鄂雁清不答话，一下子坐到地上，口中兀自喃喃道：“真奇怪……怎么会没有呢……这不可能啊！”南宫志远道：“伤口会不会藏在头发间？”鄂雁清木然地摇了摇头道：“不可能，头上我仔细地检查过了。”突然一跃而起，走到窗边望着窗外的风景，叹气道：“我外号叫‘驱无常’，如今连死者的死因都查不出来。唉……”众人也都是一筹莫展，均觉得这件事很蹊跷。

楚庄云突然道：“对了！我记起来了！”众人都向他望去，南宫志远问道：“庄云老弟，你记起什么来了？”楚庄云摸着下巴，若有所思地说道：“我听师父说过，在这个世界上有一种毒药，一碰到人的皮肤就会毒性发作，除非事先服下解药，否则无药可解。”说着在屋内走来走去继续道：“沾上这种毒药的人表面不会有任何异状，和平常人一样。直到药性发作后才会突然觉得浑身犹如蚁啮，但表面仍旧不会有任何变化。”鄂雁清想了想突然惊呼道：“不会是‘三更断魂’吧！”楚庄云回过头来点了点头道：“鄂二哥不愧是用毒行家，正是‘三更断魂’！”鄂雁清皱了皱眉道：“这‘三更断魂’只是在医术上曾有记载，但我从来没有听说过有人真正使用过。是以医术上根本就没有记载如何治疗救治。”楚庄云昂起脑袋道：“不是没法治，是根本没得治！连受害者本人都不知道自己已经中了‘三更断魂’，更何况别人？”

南宫志远忽然一脸惊愕地说道：“那……庄云老弟，你会不会也沾上了这‘三更断魂’？”鄂雁清向他笑了笑道：“南宫大哥，这你就不知道了吧。这‘三更断魂’一旦使用过后，就没有毒性了。外人就算触碰了尸体也不会沾上这毒药。你就放心吧！”南宫志远这才舒了一口气。

楚庄云望了望太阳，道：“我们还是先赶去衡水吧。时候不早了。”鄂雁清长叹一声道：“只能这样了。”众人一出店门，却看见熙熙攘攘的济南居民全部围在店门前，将客栈围了个水泄不通。正当楚庄云一行人感到诧异的时候，只听人群中一人大喊道：“乡亲们！就是他们将客栈里的人都杀了！”人群中顿时议论纷纷：“好狠毒的心啊！”“就是就是，看他们小小年纪竟然作恶多端，真是天理难容！”“大伙不要怕！我们人多，一起上将他们都交给官府依法处置！”“大家冲啊！”

楚庄云胸中不禁燃起了怒火，向刚才煽动群众的那人的方向朗声道：“你是谁？为何血口喷人！我看你才是主谋！”那人冷笑一声道：“哼。今天你别想跑！”又大声道：“乡亲们！今天大家一起为民除害！”

“上！”有些青年汉子扛着把锄头就冲了上来，直挺挺地砸向楚庄云众人。楚庄云和他们拆了几招，向也在一旁打斗的鄂雁清和南宫志远道：“两位兄长出手别太狠，他们都不会武功，只是寻常汉子。”门外那人又冷冷地道：“现在假惺惺地装作仁慈又有什么用？大家快上啊！”

鄂雁清也不禁愤怒道：“你这人怎么胡乱冤枉人啊！”但越来越多的群众纷纷涌了上来，将原本就不大的客栈挤得连楚庄云正常呼吸都呼吸不了。南宫志远艰难地挪动着他瘦小的身躯，大声道："庄云老弟，鄂老弟。他们人太多了，我们快走！"楚庄云和鄂雁清齐声应了。楚庄云迅速伸手点了三人的穴道，背起姬元明，左手提着水清景，一下子从窗户跳到客栈后院。鄂雁清将几人扫翻在地，也效仿着楚庄云，一手抓着水清和，另一手拉着南宫志远，也跟着跳出窗外。群众纷纷大声嚷嚷着，但谁也不敢跳下去。人群里那人嘴角稍稍扬起，转身在人群中消失了。

楚庄云一行人跳到后院，拣了一条偏僻小道继续赶路，经过这么一闹，楚庄云再也不敢停歇，就这样到了衡水。当年大禹治水划天下为九州，衡水所辖冀州为九州之首。衡水的深厚文化造就了这里一代代的名人，这里曾涌现出儒学大师董仲舒，唐代经学家孔颖达，诗人高适等名人。

楚庄云一行人选了一个稍微偏僻但环境优雅干净的客栈就此住下了。楚庄云将姬元明轻轻放倒在床上，看了看天上的太阳，道："嗯……现在还只是午时。对了，你们几个饿不饿？"转头向鄂雁清、南宫志远和水氏兄弟问道。鄂雁清想起在济南遇到的一系列的奇怪事情，心中十分疑惑，只是摇摇头道："我不饿。你们去吃吧！"水清和还是一副冷冷的表情道："我无所谓。"南宫志远摸了摸肚子，笑着说道："我有点儿饿了。"水清景也忙说道："庄云大哥，我们哥俩今天没吃早饭，肚子早就开始抗议了。"水清和扭过头来白了他一眼，嫌他多嘴。水清景反而问道："为什么不能说啊？"水清和将头又扭了过去，不再理他。

楚庄云微笑道："还是去吃饭吧！下午还会有一场惊天动地的打斗呢，不吃饱饭怎么行？"鄂雁清却只是摆手道：

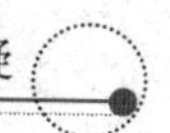

“不了，我还是在这里照看姬大哥吧。”楚庄云还欲再劝。南宫志远笑了笑，向楚庄云道：“算了，庄云老弟。不要强求鄂老弟了，让他在这里照看姬老弟也好。”楚庄云动了动嘴唇，但终于还是忍住没说出来。向鄂雁清笑了笑道：“那行，一切小心。”转身与南宫志远和水氏兄弟走了。

楚庄云一行吃过饭后就在衡水城里转了转，待走到一家朱红色的大酒楼门前，水清景就对楚庄云道：“看啊，庄云大哥。这就是悦来酒楼了。”南宫志远仰起头来仔细地看道：“嗯……比上次那个诗仙醉还要豪华。”楚庄云问水清景道：“清景，你知道你爹爹他们是要在哪个包房里会见人啊？”水清景搔了搔头道：“这个……我实在不知道……”南宫志远道：“无妨。到时候总会有办法。”楚庄云点了点头，转身回到了客栈。

楚庄云一跨入店门，鄂雁清就满身带血地跑了出来，口中只是不住地大呼道：“不好了！不好了！”楚庄云一把拦住他，问道：“鄂二哥！怎么回事？”鄂雁清浑似没听见，仍旧只是高声疾呼：“不好了！不好了！”

南宫志远从厨房提了一桶水，从鄂雁清的头顶倒了下去。水顿时倾泻而下，洗去了鄂雁清身上的血渍。楚庄云道：“鄂二哥，对不住了。”将右胳膊一抡，左右开弓，“啪啪啪啪”重重地打了鄂雁清四个耳光。

鄂雁清闷哼一声，倒在地上。楚庄云习惯性地扯了一下鄂雁清的脸，结果用力过大，竟将鄂雁清的一张脸皮都撕了下来。“啊！”水清景年纪还小，吓得赶紧闭上了眼睛。南宫志远和楚庄云都皱了皱眉。背后透过一丝凉气。

楚庄云缓缓转过头去看鄂雁清的脸，原本以为会看到一张血肉模糊的惨状，没想到却看见了一个满是络腮胡的陌生的面孔，再看手上的“脸皮”，原来是一张做工精细的人皮面具！

楚庄云顿时觉得事情不妙，抓着那人的衣领，厉声呵斥道：“你是谁？怎么在这里！你们把姬大哥和鄂二哥弄到哪里去了！”那人只是嘴角微微上扬，冷笑地看着他，并不答话。

南宫志远也踏上一步，用手掌抵住那人头顶的“百会穴”，威胁道：“你再不说我就杀了你！”那人斜着眼睛，鼻子发出一声轻蔑的“哼”，道：“你们就算杀了我，我也不会说的。”楚庄云觉得这声音好像在哪里听过，突然恍然大悟道：“啊！原来是你！今天上午在济南胡说八道的混蛋就是你！”原来那人正是早上煽动济南民众向楚庄云一行人发难的那人。

那人又冷笑一声道：“不错！你这小子记性还不错！老子正是上午那人！你要怎么的！”水清景突然道：“庄云大哥，这人好像就是那天和我爹爹说话的三个人中的一个。”那人眉头一皱，死死地盯着水清景道：“你这小屁孩是哪里钻出来的？哦！我记起来了，你就是水仲文的儿子！好啊，你老子和我们一条战线，你小子竟然反水。真是个吃里扒外的兔崽子！呸！”向水清景吐出一口唾沫。楚庄云大袖一挥，将那口唾沫弹开。向水清景道：“清景，你继续说。”水清景道：“爹爹就是受了你们这些家伙的威胁和强迫才不得已做出这种违背良心的事！你这个大屁孩好像是叫什么……呃……

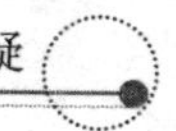

哦，王春卫！对，就是王春卫！”他见刚刚王春卫叫他“小屁孩”，这回便叫他“大屁孩”。南宫志远微微一笑，向王春卫道：“喂！王大屁孩！你把姬老弟和鄂老弟搞到哪里去了？”王春卫道：“哼，他们啊。我不知道！”

楚庄云狠狠地踹了他一脚道：“你到底说不说啊！不然我真让你去见阎王！”王春卫急道：“我就是不知道啊！老子来衡水是为了到悦来酒楼赴约的！谁知道什么鸡大哥、鸡老弟、鹅二哥、鹅老弟的下落啊！”

南宫志远仍旧摆出一副不信的神情道：“那你装扮成鄂老弟干吗！”王春卫“哼”了一声道：“这事还真逗！我一到衡水就被一个人从后背打晕了！格老子的，下次我见到这龟儿子，一定要扭断他的脖子！”楚庄云催促道：“别骂了！先说正题！”王春卫继续道：“然后我醒来就这样了！浑身泼满了血，吓得我大叫：‘不好了！’这客栈里竟然一个人也没有。正当我想冲出这鬼地方的时候，就撞上你们了。你们说邪门不邪门！”

楚庄云看向南宫志远道：“南宫大哥，看来他也是被人陷害的。”南宫志远又问了一句道：“既然如此。那你为什么在济南诬陷我们杀光了客栈的所有人？”

（P.S. 本章题目中的“神风无影”并不是《哈利·波特》里的魔法“神锋无影”，这里形容速度极快。）

第21章 将计就计反牵羊

王春卫撇了撇嘴，一副无所谓的样子回答道：“哦，今儿早上大爷我闲来无事，在济南城里闲逛。忽然听见济南居民纷纷议论说有个客栈里的人都被杀光了，大爷我感到很好奇，就让当地居民带我去那家客栈看看。没想到我这一下子倒把许多居民都带到那里了。后来嘛，你们也知道的。我恶作剧心遂起，然后就煽动居民说是你们杀了全客栈的人。”楚庄云听后大怒，一巴掌就要扇向王春卫。南宫志远跨上前一步，伸手抓住了楚庄云的胳膊。王春卫依然在原地冷笑道：“哼，那群愚民。就这样轻易地相信一个素不相识的外乡人，活该被骗！哼哼……”

楚庄云怒不可遏，一声喝道：“你这个混账东西！骗了别人还说别人笨，你真是个恬不知耻的王八蛋！”王春卫坐在地上受了这般辱骂，反而大笑道：“好！骂得好！老子就是个混账东西，就是个恬不知耻的王八蛋，怎么的了。哈哈哈哈！”活脱脱一副无赖样。

楚庄云年少气盛，怒火“噌”地往上冒，挥掌打向王春卫的双颊。王春卫还在大笑着，忽然觉得双颊吃痛，脸上一热。随后觉得有种液体缓缓从嘴边流出。自己连看都不用看，就知道是血。

南宫志远忙用湿布擦干了王春卫嘴角的鲜血，低声致歉道："王大哥休要怪罪。庄云老弟他年少不懂事儿，下手莽撞了些。王大哥休怪。"王春卫只是冷笑着看着他，并不答话。南宫志远又故意向楚庄云大声道："庄云老弟，打不得啊！"楚庄云眯着眼睛，斜着看向南宫志远道："为什么不能打？"南宫志远忙道："当然打不得了！王老兄也和我们一样是受害者，和我们应该属于同一条战线的。既然和我们在同一条战线，我们就是好朋友了。对不对？我们怎么能打朋友呢？是吧。庄云老弟，快给王大哥道歉！"说着摆出一副严厉的样子。

楚庄云望着眼前这个表面油腔滑调、八面玲珑，实际上暗藏杀机的南宫志远，不禁惊讶地张开了嘴巴，半天只是呆呆地说着："哦……"水景清也是一只眼睛大，一只眼睛小，疑惑不解地向南宫志远道："南宫大哥，你是不是发烧了？"

南宫志远看着眼前这两个不着调的丈二和尚，心中只想给他们两棍将他们打醒。但还是故作镇定地道："快点向王大哥道歉。"楚庄云横过来瞥了他一眼，咬了咬嘴唇，最终还是转向王春卫道："王大哥，方才小弟下手鲁莽。请您恕罪则个。"

王春卫上上下下地打量了一番楚庄云，恨恨道："老子可不是什么正人君子，就这么容易原谅你了！除非你让老子也重重地打你两下！"楚庄云站起身来道："姓王的！你别得寸进尺！”水清景也道：“是啊！庄云大哥，你可千万不能让这小人还击啊！不如我们就在这里杀了他吧！”楚庄云点头道：“我也正有此意！”说着抽出腰间的光日辉月箫，恶狠狠地盯着王春卫。

南宫志远突然喝道：“慢着！清景、庄云老弟，你们俩太莽撞了！”水清景从未见过这个手无缚鸡之力的书生发飙，浑身微微颤抖，只得缓缓缩回了脖子，牙关打战地看着南宫志远。楚庄云倒仍是一副天不怕，地不怕的样子，只是冷冷地斜视着南宫志远，口中也冷冷地道：“早就怀疑你了，姓南宫的。你一而再，再而三地回护他，你究竟想干什么？尽管放马过来吧！”说着就向南宫志远摆开架势。

南宫志远盯着楚庄云看了一会儿，握紧了双拳，过了一会儿才道：“我是不会和你斗的。既然你不相信我，那我们就此分道扬镳。”楚庄云鼻腔里冷冷地“哼”了一声道：“求之不得！”南宫志远踏出门槛，回头向楚庄云望了望。又像下定了决心似的，猛地一跺脚，跨出了客栈大门。

这一变故来得实在太快，水清景惊得张大了嘴巴，发不出一点儿声音。水清和只是懒懒地倚靠在一条柱子前，两眼如视无物，只是随意地向客栈内打量。楚庄云脸上非但没有感到一丝惋惜和愧疚，反而觉得自己做了一件惊天动地的大好事，嘴角不禁微微上扬，露出得意的笑容。

王春卫向楚庄云道：“喂！你干吗气走那个书生啊！人家一番好意，你却不领情。真不知道谁才是恬不知耻的王八蛋！”楚庄云回过头来猛地一掌拍在王春卫头顶，恨恨道：“我呸！我早就怀疑他是内奸了，现在他走了，这不是最好

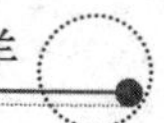

的证明吗？哼哼，我看啊，你和他就是一伙儿的！现在先杀了你，再去杀他！”说着右手一根食指以迅雷不及掩耳之势点了王春卫的周围穴道，这一击如流星追月，王春卫只觉得眼前一花，全身就已经被制住，浑身使不上半点力道，只得软软地瘫在地上，两眼恶狠狠地盯着楚庄云。

楚庄云冷冷地回瞪着他，左手倏忽向下一劈，猛然打向王春卫头顶。忽听到一旁的水清和说道：“庄云大哥且住手！”楚庄云猛地收回掌力，斜着眼睛冷冷地白了水清和一眼道：“你又要干吗？莫非你想救他？”水清和向前一步抱拳道：“大哥别误会了。这姓王的家伙逼得我爹爹不得不干这种见不得人的勾当。我们与他交情甚浅，甚至可以说得上是交恶，更别提救他了！”说着狠狠地瞪了一眼地上的王春卫。

楚庄云半信半疑，仍是以一副不信的表情继续问道：“那你想干什么？”水清和嘴角微微上扬，走到楚庄云耳旁低声道：“不如我们这样吧，我们将计就计，让他带我们去悦来酒楼赴约，然后突然杀出，将另外两个人一网打尽！”说着握紧拳头在空中一挥，一副胸有成竹的模样。楚庄云想了想觉得问题不大，就应声同意道：“嗯……倒也是一条良策。好！就这么办！”

一旁的王春卫竭力想听清二人在商议什么，苦于被点了穴道，半点动弹不得。只得眼睁睁地看着二人不断地窃笑。

楚庄云跨上前一步，又迅速解开了王春卫的穴道，面带微笑道：“王老哥，刚刚是我太鲁莽了，请恕罪啦！哦，对了。你不是要还击打我两下吗？来吧！”说着脖子向前仰了仰，闭上了眼睛。

王春卫不知道他壶里卖什么药，但一想到刚刚他们那窃笑的眼神，心中就发毛，觉得不是什么好事，于是单刀直入地问他道：“哼，免了，免了。你想要干什么？”楚庄云一时语塞，想不出什么言语能引王春卫上钩。一旁的水清和忽然插嘴道；“我们离开爹爹很久了，想去会见一下他老人家，这总可以吧！”眼睛向王春卫挤了挤，向他示意。

王春卫先是脸上流露出诧异的表情，随即读懂了水清和的眼神示意：将计就计，设计捉住楚庄云！于是王春卫忙换了一副嘴脸笑道：“哦！你们想要见你们的爹爹是吧？这很容易啊！一会儿我们就要在悦来酒楼相会，你们也一起去吧！”楚庄云十分高兴，连忙答应道：“好啊！好啊！那就麻烦王大哥了。”

转眼已到了申时，王春卫带着楚庄云和水氏兄弟来到悦来酒楼。王春卫一跨进店门就高声呼喊道：“小二！快带我们去仁字阁楼五号！亏待不了你的！”说着从腰包里掏出一小锭银子，店小二忙迎了上来，接过银子收在怀里，恭恭敬敬地让开一步道：‘诸位大爷请！“说着在前面领路。那店小二将众人领到仁字阁楼五号门前，向王春卫道：”王大爷，水大爷、刘大爷和周大爷在里面恭候多时了。’说着先行告退。那店小二走路时不小心绊了一下，跌在楚庄云怀中，向楚庄云笑了笑，下楼走了。

王春卫打开木门，见到久别重逢的三位仁兄，刚欲抱拳行礼。突然，两边的水氏兄弟突然倒地不起，自己背后也突然传来阵阵剧痛，“扑通”一声竟然跪在了地下。而下手者，正是楚庄云！

水仲文和那姓刘的人“呼”地站了起来，正要向前查看，只觉得背后一凉，喉口一甜，双双“呜哇”一声吐出鲜血，趴在桌子上喘息着。

第22章 刀光剑影舞日月

水仲文和那姓刘的汉子艰难地扭过头去看身后，只见那姓周的汉子左右手各执一根峨眉刺抵住二人的背心，二人背心上的衣衫都已经被划烂。水仲文吓得脸色煞白，用颤抖的声音问道："周……周大哥，你……你干什么啊？"那姓周的汉子只是冷冷地看着他，嘴角微微上扬，并不答话。

那姓刘的汉子也是一脸惶恐地说道："周大哥，小弟之前有什么对不起你的地方。请您大人不记小人过，饶了我吧！"水仲文也低声哀求道："周大哥，我们之前合作得好好的。我们从来没有得罪过你啊！就算有些小芥蒂，我和刘大哥也罪不至死啊！是吧？"那姓刘的汉子也立马附和道："是啊是啊！周大哥，放下武器，我们好好谈怎么样？"

那姓周的汉子突然怒喝一声："你们俩都给我闭嘴！"水仲文和那姓刘的汉子立马就不作声了。那姓周的汉子继续说道："你们两个，我早就看不顺眼了。如今正好全部杀了你们！"水仲文忍不住问道："周靖桦！从前我们的结义之言你都忘了吗？如今你竟然背叛我们！"眼睛望了望门外踩

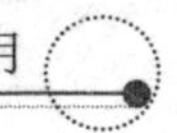

在王春卫身上的楚庄云，继续道："你竟然还和我们的敌人联手来对付我们自己人！你……你真是一个……一个……呃……"一时想不出什么骂人的词汇。

水仲文的父亲水中月一手创建了清风教，让清风教在江湖显赫一时。水中月也感觉自己总有一天会衰老死亡，于是就让希望自己的独生爱子水仲文习武，这样才能接他的班，继续领导清风教。但是事与愿违，水仲文一生下来就体弱多病，水中月请遍了贵州全省的名医，才将刚出生的奄奄一息的水仲文从死亡的边缘线上拉回来。因此水仲文生来就是个药罐子，一副病恹恹的样子。更别提什么根骨奇佳，是个练武奇才了！因此水仲文打小就不喜欢练武，只喜欢整日在家诵读四书五经，立志要做一个圣贤。水中月看着不愿习武，只愿"两耳不闻窗外事，一心只读圣贤书"的儿子，每天都不住地叹气，每日都担忧清风教的未来。水仲文则为了安慰一下父亲，每日也会活动活动筋骨稍微练一下武功。就这样一直持续到一天，水中月突然倒在地上，当时就没了呼吸。清风教上下都十分悲痛，一致推举水仲文为他们的新教主。水仲文就这样在众人的扶持下稀里糊涂地当上了清风教的教主。水仲文虽然武功不高，但治理一个教派还是绰绰有余，清风教就这样在江湖中立足，这倒是去世的水中月所没有料到的。

周靖桦冷笑一声道："哼哼，你骂吧！这次不会有人来救你了。"那姓刘的汉子说道："当年我们曾经立过的誓言，你都忘记了吗？"周靖桦抹摸了摸鼻子，故作疑问地说道："哟？什么誓言啊？我怎么不记得我说过啊！"那姓刘的汉子大惊失色，道："你……你……"周靖桦"哈哈"大笑，顺手在脸上一扯，将一张人皮面具扯了下来，露出了原来的真面目。水仲文大叫道："你不是周大哥！"

楚庄云笑盈盈地走上前来，抱拳道："刚才一直委屈你了，南宫大哥。"那扮演周靖桦的人正是南宫志远！

原来在从济南赶到衡水的路上，楚庄云就暗暗与南宫志远商量道："南宫大哥，我觉得水氏兄弟有问题？您觉得呢？"南宫志远点头道："我觉得也是，哪儿有这么快就将自己所知道的全盘托出的人啊！我猜他们是故意引我们到他们设下的圈套里。"楚庄云道："既然我们已经识破了他们的诡计，不如现在就把他们干掉怎么样？"说着伸出手指在自己的脖颈上划了一下，示意杀掉他们。南宫志远笑着握住他的手指，轻轻地放下道："庄云老弟别冲动嘛！我们慢慢来，不如我们将计就计……"说着俯身在楚庄云的耳边说了几句话。

于是，楚庄云就刚刚和南宫志远故意决裂，上演了一场好戏。南宫志远就趁着楚庄云将他赶出客栈时飞奔到悦来酒楼，正好碰见正在打听仁字阁楼五号的周靖桦，于是暗中跟了上去，在一个无人注意的走廊里点了周靖桦的穴道，换上了他的衣服，装成周靖桦前去赴约。

南宫志远微微一笑，峨眉刺在二人背后瞎划拉几下，痛得二人哇哇乱叫，水仲文甚至痛得晕了过去。那姓刘的汉子强忍着疼痛，大声说道："姓楚的，姓南宫的！我刘闵瞬不服！有种你们别玩阴的，要打就光明正大地打一场！"楚庄云伸出手掌拍打着刘闵瞬的脑袋，缓缓说道："呀呀呀，我

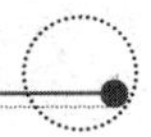

们玩阴的？莫非你们派刺客行刺我们，又设下圈套陷害我们便是光明正大的吗？”南宫志远冷笑道：“这叫‘以其人之道还治其人之身’！”

刘闵瞬突然哈哈大笑道：“好一个‘以其人之道还治其人之身’！我们早就准备了一手，现在酒楼内的散客全都是我们的人。任凭你们武功再高，也休想逃出我们布下的天罗地网！哈哈！”楚庄云皱了皱眉头道：“谁知道你这是不是吓唬人的话呢？”刘闵瞬道：“信不信随你们！”说着两排牙齿重重地咬在舌头上，登时断了气。

南宫志远心中先是一惊，伸指连点刘闵瞬背后的几处穴道，帮助其止血。楚庄云也急忙伸掌抵在刘闵瞬的“灵台穴”上，一股身后的内力立即传导到刘闵瞬的背后，希冀可以将他重新救活，但刘闵瞬此时只有出的气，没有进的气了。楚庄云和南宫志远所做的一切都是徒劳。

楚庄云摇摇头，叹了一口气道：“没想到这个人这么硬气！”南宫志远也感叹道：“也是一名铁骨铮铮的好汉啊！啧啧……”转而安慰楚庄云道：“没关系，庄云老弟。我们还有这两个人呢！”说着用眼睛看了看昏迷在桌子上的水仲文和躺倒在地上人事不知的王春卫。

楚庄云这才转忧为喜，伸手解开了王春卫的穴道。王春卫这才悠悠醒转，突然觉得刚才被磕到的下巴十分疼痛，便欲挣扎着起来，却发现楚庄云死死地按着自己，自己丝毫动弹不得。王春卫咧开大嘴，装傻道：“庄云老弟啊，你怎么按着我啊？快放开我啊！我们不是重新修好了吗？”楚庄云嘴角只是微微上扬，冷冷地盯着他并不答话。

南宫志远一只峨眉刺还是顶在水仲文的后背，向躺在地上装作一脸无辜的王春卫说道：“你给我安分一点。不然我让你和你的难兄难弟全都去见阎王！”王春卫知道自己的阴谋已经被人家识破，而且还偷鸡不成反蚀一把米，被敌人倒打一耙。现在主动权掌握在敌人手上。王春卫反而大笑道：“你有种就杀了我啊！哈哈哈！你们绝对不敢杀我的。是吧？”这句话正击在楚庄云和南宫志远的心头上，他们投鼠忌器，确实不敢杀了知道内幕的王春卫。楚庄云兀自嘴硬道：“哼哼，不敢杀你？你这话未免太肯定了吧！杀了你，还有水仲文呢！”王春卫先是呆了一下，随即又是大笑道：“啊哈哈哈！仲文老弟虽然武功不怎么地，但是他为人傲气，是不会告诉你们的。”

这一席话让楚庄云和南宫志远彻底失去了侥幸心理。连素来以聪明机智闻名的南宫志远此时也是眉头紧皱，一言不发。王春卫忽然将头抬了起来，向楼下大喊道：“兄弟们。我们的计谋失败，成败就在今日！不必管我们！大家杀啊！”顿时，楼下的散客纷纷拔出利刃，齐刷刷地冲上仁字阁楼五号。楚庄云见王春卫竟然召唤了手下人，心中微微发怒，手上加劲，一掌将王春卫的天灵盖打碎。王春卫死前向楚庄云投出轻蔑的一瞥，“扑通”一声倒在地上就此断气。

这时已有两人抢入房中，一人仗剑刺向楚庄云心窝，另一人双手去抢夺水清和和水清景两兄弟。楚庄云当机立断，右手抽出光日辉月箫格开第一人的剑，左袖大气一挥，将第二人击开丈许。悦来酒楼第二层的走廊窄小，那人竟然一下子就被楚庄云打到楼下。第一人仍旧用剑法牵制住楚庄云。

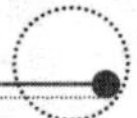

越来越多的人涌进包房。

南宫志远眼见不妙，撒开水仲文，左脚斜踢在一人的腰间，劈手夺过了他手中的长刀。左手反手一横，将峨眉刺刺入一人的胸膛。右手长刀一挑，又斩杀了几人。另一旁的楚庄云飞身点了几人的穴道，但涌入的人越来越多。楚庄云点穴都点不过来，劈手斜身夺过了两把利剑，将利剑挥舞得像两轮明月，杀开了重围。南宫志远扑杀了一阵，抓起水仲文向上一抛，砸开天窗从窗外跳了出去。众人大声呼和，纷纷抢出。可哪里还有楚庄云和南宫志远的影子？众人只得望尘莫及，在一片叱喝声中悻悻离去。

楚庄云和南宫志远在客栈中汇合，楚庄云惊魂未定地说道：“南宫大哥，他们人太多了吧！”南宫志远也仰起头来说道：“是啊！刀光剑影，太可怕了！”楚庄云问道：“那我们下一步是去找姬大哥和鄂二哥吗？”南宫志远想了想道：“不！直接去宣府！”

第23章　暗中鼎力助总兵

楚庄云表情一呆，疑惑地问道："南宫大哥你确定吗？姬大哥和鄂二哥他们俩怎么办？"南宫志远笑了笑，只是淡淡地回答道："不必管他们了，洪蒙成那厮带着人很快就会到宣府去继续闹事的。我们要赶快到达，助你三哥一臂之力。"楚庄云急道："不行啊！姬大哥和鄂二哥都曾帮过我，救过我。现在他们生死不明，我不能就这样一走了之啊！"南宫志远板起脸来，厉声道："庄云老弟，你怎么突然变得这么婆婆妈妈起来。我问你，如果宣府失守了，你三哥还有命吗？河北的百姓还能安宁下去吗？宣府是大明的重要边关之一，一旦失守，大明也有可能因此亡国！你总不会希望第二个额森蹦出来吧！"

楚庄云登时头皮发麻，心中五味杂陈，只是呆呆地闭上了嘴不再说话。楚庄云一心为了让百姓安居乐业，当然不会让河北的百姓受苦，也不会让宣府失守，更不会因为自己的一时之念而导致再蹦出来一个额森。

这位额森是何许人也？额森，又名也先。是一个曾

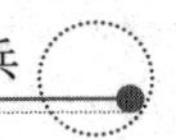

经动摇过大明帝国的强悍瓦剌首领。事情回到正统十四年（1449）二月，蒙古族瓦剌部落首领也先遣使2000余人贡马，向明朝政府邀赏，由于宦官王振不肯多给赏赐，并减去马价的五分之四，没能满足他们的要求，就制造衅端。遂于这年七月，统率各部，分四路大举向内地骚扰。明英宗朱祁镇听信王振之言，而不采纳邝埜（kuàng yě）、王直等一班朝廷重臣的劝谏，执意亲征。后来由于王振的错误指挥，使得出征队伍全军覆没，朱祁镇被俘虏，随同出征的英国公张辅、户部尚书王佐、兵部尚书邝埜、刑部尚书丁铉、工部尚书王永和、都察院右都御使邓棨都于土木堡丧生。大明岌岌可危，京城人心惶惶。额森率领大军一举攻入京城郊区，向风雨飘摇的北京城发起了猛烈的进攻，但他最终没有得逞，因为另一个伟大的人——于谦。

但就是这位额森，险些让大明帝国就此坍塌。楚庄云自然不想再让另一个额森跳出来了。于是他点了点头妥协道："听你的，南宫大哥。"南宫志远这才收起方才严厉的神情，转而微笑道："不错。这才是我的好庄云老弟。"右手拍了拍楚庄云的肩膀。楚庄云嘴上虽然说的是听南宫志远的，但心中还是记挂姬元明和鄂雁清的安危，向南宫志远勉强挤出一丝苦笑。

二人当下在集市上挑了两匹健壮的黄鬃马，飞奔向宣府。宣府，历来是兵家的必争之地，是大明的重要边关之一。明朝后来的一位伟大的军事家、文学家、政治家和哲学家、著名的"心学"创始人——王守仁先生曾经说过："大明虽大，最为紧要之地只有四处，若此四地失守，大明必亡。”而这四地便是：大同、宣府、蓟州、辽东。宣府的军事战略优势可见一斑。

二人一路上不敢停歇，快马加鞭地飞奔。在太阳刚刚落山之时终于顺利进入宣府城中。楚庄云刚想要找一位巡城的士兵，询问打探一下总兵府的位置。南宫志远淡淡一笑，一把抓住他的手臂，轻轻摇了摇头道：“不必如此。我们还是暗中行事帮助你三哥较好。”楚庄云一脸疑惑道：“嗯？为什么要这样？”南宫志远缓缓道：“你和你三哥既然是亲兄弟，为什么这么不了解他呢？”楚庄云心中微微有气，大声道：“南宫大哥此言差矣！我怎么会不了解我的三哥呢？”南宫志远骑马走在前面，回过头来还是一副懒洋洋的样子，缓缓道：“既然如此。你肯定知道你三哥性格了。”

楚庄云这才恍然大悟：楚冰云武功高强且足智多谋，这是江湖中人所共知的。但是不足的是他的性格有一点小小的缺陷：不喜欢自己的事让他人插手帮助。楚庄云十分了解自己的三哥，但竟然还比不上南宫志远想得周到。

楚庄云在恍然大悟后，转而疑窦丛生：南宫大哥和三哥只不过见过几次面，怎么对他的性格如此了如指掌呢？霎时，埋藏在心底的对南宫志远的疑惑又纷纷涌了上来。南宫志远好像是看穿了他的心思，缓缓地笑道：“不必疑惑。我也只是推断出来的而已。冰云老弟在其他任何方面都是一个完美的人。而我坚信每一个人都会有自己的缺点。许久以前，你们分头单独找我的那次的主意，不就是你三哥提出来的吗？”楚庄云还是疑惑不解，回答道：“是啊，那便又如何？”南宫志远继续道：“这就很明显了啊！你三哥

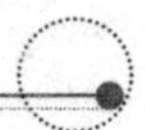

喜欢单独行动，不就意味着他不喜欢他人帮助吗？”楚庄云登时语塞，虽然他觉得南宫志远说的话不无道理，但总的来说还是有点牵强。但一时也想不出反驳他的话，只能默不作声。

南宫志远道：“我们装作一般行人，到处随便转转吧！可能会发现一点儿……嗯？”眼睛向远处的城墙边望去，那里站满了寻常百姓和士兵。楚庄云催马道：“南宫大哥，我们赶紧去看看！驾！”扬鞭一拍在马臀上，那马登时向城墙那边飞奔过去。

楚庄云飞奔到近前，一下子从马上跳了下来，卖力地一边叫道：“劳驾让一让嘞！让一让嘞！”一边伸手挤了进去。来到人群前，士兵们站在百姓前面不让百姓过于靠近。楚庄云远远地看见一具具死尸装在麻袋内，死者表面症状都是清一色的颈上淋巴结高高肿起。楚庄云不禁打了个寒战，问一个站在他面前的士兵道：“这位小哥，你知道这些是什么人吗？”那士兵道：“这些都是城外无家可归的流浪者，他们的尸体被外面的番邦鞑子装进麻袋内扔进来，这已经是第五天了！你说那群鞑子可不可恶！”

楚庄云又问道：“那么你可知道他们为什么都是这里……”说着指了指自己脖颈下：“这里都是高高肿起啊？”那士兵摇摇头道：“这个……我就不知道了。新来的楚大人一直在查，但是丝毫没有什么头绪。”楚庄云心中一颤：这件事情绝对有蹊跷！但还是面带微笑地说道：“多谢你了。”摸出一两碎银交给了他。没想到那士兵一把推了回去道：“谢谢你的好意。但上级有命令，不得接纳任何一名百姓的财物！”

楚庄云心中暗暗感叹道：三哥真是治军有方，真有大将之风！又挤出了人群。南宫志远站在两匹马旁照料着，见楚庄云出来，忙问道："打探出来是什么情况了吗？"楚庄云点了点头道："嗯。这是外面的鞑子将流浪者的尸体用麻布袋装着，扔进城里来。这已经是第五天了。"南宫志远眉头微微一蹙，道："流浪者，他们怎么死的？饿死的？还是冻死的？"楚庄云摇了摇头道："都不是。他们是病死的。还有啊，他们的脖子两侧都高高肿起，真是奇怪！"南宫志远又是一惊道："脖子两侧都高高肿起？这事情肯定有古怪！查出是什么病了么？"楚庄云摆了摆手道："没有，听巡城的士兵说三哥一点儿进展都没有。"南宫志远叹了一口气道："唉！这可就难办了！"楚庄云道："这件事可能与洪蒙成那帮人有关，所以我们必须插手管一管！"南宫志远附和道："正是！当务之急，我们应该先查清楚这是什么疾病，才好对症下药。"楚庄云道："唉！要是四哥或者是鄂二哥在这里就好了。他们一定知道这是什么病。"

二人来到客栈内，南宫志远从怀中掏出一本《黄帝内经》，细细翻阅起来。楚庄云惊讶地说道："咦？南宫大哥你拿出来的是《黄帝内经》啊！我还以为又是《易经》呢！"南宫志远笑道："你以为我只会读《易经》吗？那你可太小瞧我了。这本《黄帝内经》是鄂老弟给我的，我以前还嫌没什么用，哪成想今天竟然派上了大用处！"

楚庄云道："那么南宫大哥，你找出什么来了吗？"南宫志远还在翻书，突然惊叫一声道："啊！找到了！找到了！

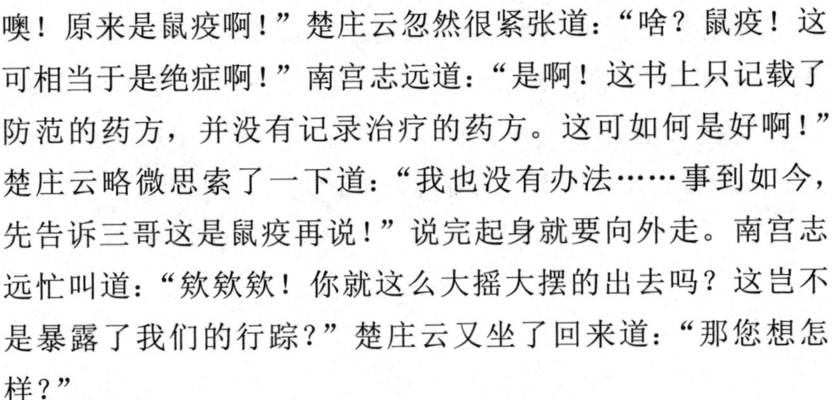

噢！原来是鼠疫啊！”楚庄云忽然很紧张道：“啥？鼠疫！这可相当于是绝症啊！”南宫志远道：“是啊！这书上只记载了防范的药方，并没有记录治疗的药方。这可如何是好啊！”楚庄云略微思索了一下道：“我也没有办法……事到如今，先告诉三哥这是鼠疫再说！”说完起身就要向外走。南宫志远忙叫道：“欸欸欸！你就这么大摇大摆的出去吗？这岂不是暴露了我们的行踪？”楚庄云又坐了回来道：“那您想怎样？”

南宫志远道：“我们只能伪造书信传给冰云老弟了。”楚庄云笑道：“哈哈！模仿四位兄长的笔迹我可是很在行的哟！这事情就包在我身上！”说着呼唤店小二道：“小二！赶紧去买上好的笔墨和宣纸！”门外的小二应声诺诺，一会儿就买来了毛笔、砚台、墨和宣纸。南宫志远给了小二一大锭金子，表示答谢。楚庄云马上铺开宣纸，磨好墨汁，边写边道：“我模仿大哥笔迹。三哥一定会深信不疑！”只听“唰唰唰”，毛笔在宣纸上飞速地写了几十个字。南宫志远走近前一看，只见上面写着：“三弟，今日京城突遇鼠疫，人心惶惶。传闻疾病已到宣府，望加小心。死者症状：脖颈下两侧高高肿起。大哥楚随云书”

南宫志远不禁拍手叫绝：“好棒！这样一来，冰云老弟一定不会怀疑是我们在暗中帮助他。”楚庄云将信封好，交给南宫志远。南宫志远将自己装扮成一个普通的驿卒，装作奔波许久，气喘吁吁的样子来到总兵府前，道：“劳驾这位小哥将这封密函交给楚大人。”说着便转身离去了。

看门的士兵将那封信带到楚冰云面前道：“启禀总兵大人，刚刚有个驿卒送来这封信，请您过目。”楚冰云心道：谁会给我来送信啊？看了看封面“三弟亲启”的笔迹，不禁道：“原来是大哥啊！”说着拆开了信封。

第24章 路见不平反为殃

楚冰云拆开信封，仔细阅读了一番。心中不由得感激道：大哥这封信来得太及时了。正好了结了我心头的一件大事，宣府的百姓终于不用整日提心吊胆了！高兴地大袖一挥，吩咐道："传令，将随军郎中召过来，我要会见他们！"一旁的侍卫应了，退了下去。

楚冰云得意地踱来踱去，心中盘算道：一会儿命随军郎中熬制鼠疫的防疫汤药，番邦鞑子就再也别想以病毒攻吓我宣府了。哼哼……忽然看到刚刚退下去的侍卫跌跌撞撞地跑了进来，宛如喝醉了酒一般，站立不稳。"扑通"一下跪倒在地上。

楚冰云斥道："什么事慌成这样？我刚刚让你去叫的随军郎中呢？他们没来吗！"那侍卫这才摇摇晃晃地站了起来，面如死灰，颤声道："启禀总兵大人，随军郎中……随军郎中都消……消失了！"

楚冰云两眼一直，大声询问道："什么？都消失了？两个都没了！"那侍卫战战兢兢地回答道："是……是的。两个郎中都不知道去了哪里。”楚冰云不禁在桌案上重重地拍了一掌，气得脸都变得更白了，骂道：“这两个混账东西！前几天还在军营里活蹦乱跳的。现在正是需要他们的时候，他们却又销声匿迹了！气死我了，气死我了！”声音震耳欲聋，宛如在晴空打了个霹雳。那侍卫从未见过楚总兵如此发怒过，吓得只是趴在地上不住地发抖，不敢抬起头来正视他。

楚冰云又在桌案上连拍数下，但他明白此时到了这种地步，谩骂是没有用的。楚冰云甩过头去面对着墙壁，说道：“把宣府的名医都找过来吧！”那侍卫道：“是！”刚要退下，另一名侍卫又急急忙忙地跑了进来，向楚冰云右膝下跪。楚冰云眉头微微一蹙，斥道：“你们今天一个个的都怎么了，一个个六神无主的！”那名侍卫道：“启禀总兵大人，刚刚接到案子，说城里的所有医生、药店老板都纷纷倒毙了！”

楚冰云两眼发直，嘴唇紧闭，一张俊脸先是变得惨白，又转为紫红，最后竟然隐隐发紫。两名侍卫只看着总兵大人全身都在颤抖，“啪”一声竟然坐在了地上。赶忙上前去搀扶。

楚冰云只是气得心中叫苦，像是在自言自语道：“好啊！好啊！巴尔斯博罗特（蒙古可汗名），你好狠啊！”说着吃力地攀在桌案上，两名侍卫呆在一旁。楚冰云只是看着他们，两位侍卫不知所措，只是单膝跪在原地不动。楚冰云忽然道：“你们还在这里愣着干什么？赶快去检验一下死者的尸身，查一下几位郎中的师父是谁，好向他们求救！去去去！”两位侍卫连声诺诺，快步退去。

南宫志远气喘吁吁地跑回客栈，一进门就大呼道：“小

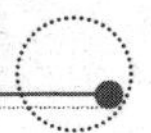

二！拿酒来！快！”店小二远远地应了一声，打了一斤白酒端了上来，说道：“客官，请慢用。”

楚庄云听到南宫志远的呼和声，缓步出来道：“南宫大哥回来了。”南宫志远拿个碗倒上满满一碗白酒，“咕咚咕咚”一口灌下，伸出衣袖擦了擦嘴角，说道：“嗯，回来了。可渴死我了！”楚庄云坐在他身旁，低声道：“信可送到？”南宫志远也低声道：“当然。估计现在冰云老弟已经读完了，正在寻找随军郎中呢。”忽然高声道：“小二！再切一盘卤牛肉上来！”店小二又是远远地应了一声。

楚庄云知道他是故意用高声迷惑周围的人，微微一笑，也拿了一个大碗，满满地倒上一碗酒，一饮而尽。

忽听到旁边一桌的一个矮胖的和尚向同桌的另一个瘦子道：“老王，我听说最近宣府可不大太平啊！”那姓王的瘦子接道：“嗯？有什么不太平了？番邦鞑子最近又没攻城。”矮胖和尚道：“最近鞑子的确没有攻城。但是你可听说最近总有尸体被装在麻布袋子里抛进城里来？”姓王的瘦子道：“嗯，这个我倒知道。但这又有什么关系？”矮胖和尚道：“啊呀，这你就不知道了。据说那些人都是得了同一种疾病死的。”姓王的瘦子嘴角一咧，嘲笑道：“嗬！这又有什么奇怪的了？最多不过是瘟疫了。”

矮胖和尚受了讥讽，倒也丝毫不着恼，只是说道：“是啊，这一件事儿固然不惊奇。但是，我听一些街坊邻居谈论，说宣府城里大大小小的大夫、药店老板，竟然全死了！”矮胖和尚的声音本来就不低，此言一出，四下皆震，四周其他散客都不禁紧张起来，都交头接耳，议论纷纷。

楚庄云听到这个消息，心中也是一惊，连手心都握出了冷汗。南宫志远也微感惊异，停止了喝酒吃肉，停了下来好像在思索些什么。

正当二人觉得有点不知所措的时候。客栈内一个靠墙角的桌子上一个身高中等的汉子忽然站起来向矮胖和尚道：“这位大和尚，你说的可是真的么？”矮胖和尚眼睛斜着看向那人，上上下下仔细打量了一番，这才说道：“和尚说的话怎么会有错？”那汉子却仍是以一副不信的姿态问道：“你又不曾看见，怎么敢下如此定论？”矮胖和尚忽地站起，重重地在桌子上猛拍一掌，向那汉子吼道：“我说是就是了，你爱信不信！”

那汉子反而笑了起来，竟然越笑越大声，声音越来越尖。矮胖和尚先沉不住气来，大声问道：“你笑什么？”那汉子仍是大笑，并不答话。

楚庄云心中也是不住地偷笑，只是他一直忍住不发出声来。原来，那矮胖和尚身材太过矮小，致使他站起来竟然只与木桌的高度齐平。矮胖和尚一张肥脸涨得通红，大吼道：“你不说我也知道，你就是嘲笑我矮！”那汉子只是频频点头，仍旧大笑。矮胖和尚大骂道：“信球八叉，让你见识一下老子的厉害！”话音刚落，就从桌子底下滚到那汉子面前，果真如一团肉球般。只见他迅速地滚到那汉子面前，猛地跳起。那汉子一惊，但随即恢复了镇定，待矮胖和尚跃到一定高度时，那汉子猛地推了那矮胖和尚一下，竟将他一下子推开来去，旁人只道是矮胖汉子自己弹出去了。只听得“嘭”的一声巨响，矮胖和尚结结实实地撞在柱子上。

矮胖和尚跌跌撞撞地站了起来，破口大骂道："信球八叉！你施了什么妖法！"那汉子笑了笑道："我没有使什么妖法啊！是你自己像一个球一样弹出去，然后砸在柱子上的啊！"矮胖和尚只是"呸呸"地大骂。

楚庄云看得出来是那汉子推了矮胖和尚一把，只是手法过于迅速。楚庄云奇道：这么偌大的一个汉子，手法显得如此阴柔。当下向南宫志远道："南宫大哥，那个汉子莫不是从宫里来的？"南宫志远正在喝酒，听到这句话，登时会意，"噗"的将嘴里的一口酒尽数吐了出来。

矮胖和尚转向楚庄云和南宫志远，怒目而视，说道："信球八叉，你们也笑老子吗？"楚庄云微微一笑，说道："不敢不敢，我们平生只笑王八！"矮胖和尚转念一想，这才明白楚庄云实在拐着弯骂自己是王八，气得哇哇乱叫。

与矮胖和尚同桌的姓王的瘦子此时也忍不住站了起来，向楚庄云拱手，冷冷道："敢问阁下，王八有什么可笑的？"还未等楚庄云回答，那汉子接口道："王八多好笑啊！它时而变成胖和尚的样子，时而变成瘦子的样子。多有趣啊！"姓王的瘦子知道他是在骂自己，也不生气，不理睬那汉子，仍向楚庄云道："敝姓王，是武当……"那汉子又插嘴打断了他道："是武当派的老八。"众人都是"扑哧"一笑。

那姓王的瘦子仍旧面不改色，只是转向那汉子，冷冷地看着他说道："请教阁下的大名。"那汉子道："嗯……我姓陆，名叫清逸。说来真巧，我也是个道士，道号紫云。"那姓王的瘦子越听脸色越难看，众所周知紫云道长是现任武当派的掌门人。那汉子显然是故意拿那姓王的瘦子开涮。

那姓王的瘦子道：“好啊！紫云师叔，弟子王儒杰这就像您讨教一下武功！”说着抽出背后长剑，一闪身刺向那汉子的胸膛。那汉子“噫”了一声，双手轻轻一推，这一推看似平淡无奇。实则如绵里藏针一般，外柔内刚。姓王的瘦子轻轻“嗯”了一声，当下催动内力，集于剑尖，扑向那汉子。

那汉子只是嘻嘻一笑，当即将手掌微微一侧，斜切向王儒杰的手腕。王儒杰想要将剑横过来去削那汉子的手掌，没想到却被那汉子抢先一步打到手腕。

王儒杰“哎哟”一声，长剑脱手，插在地上。只见他脸色惨白，拱手向那汉子道：“阁下武艺高超，贫道万万不是你的对手。”顿了顿又问道：“阁下刚刚使出的那一记‘绵掌’是哪位师叔教你的？望阁下告知。”说着深深一揖。

那汉子又是“嘻嘻”一笑，向王儒杰招了招手道：“你过来，过来嘛！”王儒杰先是一愣，心想道：此人莫不是装疯卖傻，要不一个堂堂七尺的大男儿，怎么说话嗲声嗲气的。但还是不敢违拗，依言走到他身旁。

那汉子待王儒杰走到近前，右手一伸，拉住了他的手掌，像是塞给了他什么东西。王儒杰垂目一看，立时像触电了一般，呆呆地站在原地不动。倏然下跪，像小鸡啄米一样不住地磕头道：“饶命！饶命！”那汉子伸出手掌摁住王儒杰的头，冷冷地道：“王儒杰，你身为武当名门的弟子。竟然自甘堕落，投奔了魔教！”此言一出，楚庄云和南宫志远都是微微一震，均想道：武当派紫云道长管教帮派弟子的本事实在不敢恭维，帮派弟子竟然都投身于魔教了。唉……

又听那汉子阴阳怪气地道：“现在我给你一个改过自新

的机会。喏，你赶紧扎瞎自己的双眼吧！”王儒杰跪在地上战战兢兢地回答道：“是……是……”说着拔出剑来，竟然真的将自己的一双眼睛戳瞎。点点鲜血从他眼睛处落下，洒在地上，显得十分可怖。周围的散客都吓得大气不敢出一口。楚庄云也是暗暗皱眉，觉得这汉子行为怪里怪气，下手心狠手辣。

那汉子续道：“嗯……疆域是个不错的地方。王儒杰，你今后就到那边去玩儿吧，永远别回中原了！”楚庄云暗暗心惊，想道：这不就相当于是将那王儒杰流放了么？内心觉得王儒杰肯定会拒不从命，然后拼死反抗。暗暗思索一会儿要不要暗中助王儒杰一把。

没想到王儒杰仍是恭恭敬敬地答道：“是！多谢！”抬头竟然喜形于色，显然是一副极其高兴的样子。楚庄云心中只觉得这事情太过于邪门儿，转头看南宫志远，发现他一副满不在乎的样子，只顾着自己喝酒吃肉，对于眼前的事仿佛置若罔闻，丝毫看不见。

南宫志远见楚庄云望着自己，微微一笑，向他示意了一个眼神，意思是：你看着办吧！

楚庄云再也忍不住了，站起来大喝道：“到底还有没有王法了！”那汉子先是一惊，随机笑嘻嘻地说道：“什么王不王法的？我可听不懂啊。”楚庄云指着他道：“听不懂？哼哼。这位王兄不过是先对你动手了而已，这没什么，江湖上恩恩怨怨何其多也！但你却让他将自己的一双眼睛给刺瞎，还将他发配到遥远的边疆。普天之下，我从没见过这种道理！”

那汉子仍是一副笑嘻嘻的模样看着楚庄云，并不答话。

王儒杰却先发怒起来，向楚庄云吼道："我喜欢当瞎子，喜欢边疆的蓝天白云，用得着你管吗！"抽出佩剑，竟然刺向楚庄云。

楚庄云心下大怒，向王儒杰道："我好心救你，你非但不领情，反而怪我？好好好！让我来领教领教武当派的绝世武功！"脚下一点，身子一蹿到王儒杰面前，左手横劈，右手握拳打向王儒杰面门。只听"噗啊"两声，王儒杰被击开好远，重重地摔在地上，人事不知。楚庄云冷笑道："这便是武当派的实力了？哼哼，只怕是徒有虚名了。"回头看那汉子时，那汉子竟趁二人打斗之际趁乱出去了。

只听门外一个苍老的声音道："楚门老五，你别不把我们武当派放在眼里了！老朽这就让你尝点苦头！"话音刚落，一个仙风道骨、白发苍苍的老道已经到楚庄云面前，看着楚庄云不住地冷笑。

第25章 风驰电掣起杀机

那老道一闪身就到了楚庄云面前，身法之高举世再也找不出第二人。楚庄云心中也是暗暗吃惊，心忖道：这老道的轻功之高，恐怕连二哥也有所不及。心下已经暗暗防备，当下凝神说道：“前辈身法高超，令楚庄云心下好生敬佩。方才您在外面朗盛说话时，晚辈就知道您内力也是很深厚。嗯……莫不是紫云前辈亲自到了？”

老道仍是一副冷冰冰的样子，两只炯炯有神的大眼睛只是死死地盯着楚庄云。楚庄云盯着那老道，两人四目交错。立时，楚庄云身子抽搐了一下，两眼突然变得六神无主，嘴半张着，倒像一个木偶。

南宫志远眼尖，心中暗道不妙，知道这是江湖中失传已久的“移魂转魄”，是一种专门攻击他人精神的狠毒功夫。若是受招者定力不如施展者，往往就会双眼无神，目光呆滞，成为施展者的傀儡。半个时辰内若不加以解救，中招者将永远成为一个无思想的木偶。而解救中招者的唯一办法，就是当中招者中招时，立即转移中招者的视线，方可一救。

南宫志远心中快速盘算道：看着老道士武功卓绝，想必也应是武当派的一位世外高人。当下故作惊讶大声道："老前辈，我们与紫云前辈是至交好友。您想必也是武当门下，那我们就是一家人了，有话好好说嘛！"

老道猛然回头，一双眼睛射出两道犀利的目光，冷冷地看着南宫志远。看得南宫志远浑身不自在。

由于老道目光倏然离开，楚庄云这才回过神来，摇了摇头清醒了一下。向老道喊道："喂！你这老头好不讲道理，怎么使用'移魂转魄'这种恶毒的功夫？"老道不理睬他，只是冷冷地看着南宫志远。

楚庄云心中微愠，抽出腰间的光日辉月箫，大声道："如此得罪了，看招！"挥箫疾点向老道腰间的"章门穴"，由于老道方才下手过于狠辣，楚庄云心中决定要给他一点苦头吃。因此这一击用上了他的七成功力。

没成想那老道仍只是看着南宫志远，仿佛周围根本没有楚庄云这个人存在一般。楚庄云怒火中烧，暗运内力，用上了他的十成功力！只听"啵"一声，光日辉月箫精确地点在老道的"章门穴"上。这"章门穴"位属于足厥阴肝经。一旦被击中后，被击中者阻血伤气，于身体大是有害。

哪料到这老道被击中后只是微微"咦"了一声，腰间的缎带"啪啪"断成两截，轻飘飘地落在地上。楚庄云只觉得手臂一震，光日辉月箫险些脱手，不由得连连倒退几步，最终还是没有站稳，"扑通"一声竟然坐倒在地上。

南宫志远微感惊异：庄云老弟的内功是极高的，整个武林都少有能与之匹敌的人。这老道士竟然能够在一震之下，

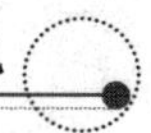

将庄云老弟震倒，武功之高可见一斑。想来是什么隐士高人了。当下面带微笑，抱拳鞠躬道："前辈武功高强，我等小辈均不是你的对手。请教阁下的大名？"

老道只是微微"哼"了一声，并不答话。转过头去看着苦苦用剑支撑，半跪在地上的王儒杰。老道缓缓地走了过去，奇怪的是他的脚尖竟然没有触到地面！饶是南宫志远见多识广，此刻也是微微皱起了眉头。楚庄云更是满脸都写着惊异和敬佩。

王儒杰艰难地抬起了头，见老道缓缓地走向他，面如死灰，嘴角微微颤动，眼睛内流露出一股恐惧。老道面无表情地看着王儒杰，一言不发。王儒杰突然竭尽全力怒喝一声道："死贼道，你欺师灭祖，罪当万死！有种你就一剑杀了我啊！"

老道并不答话，仍是面无表情地看着王儒杰。

突然，王儒杰大喝一声，挥剑砍向老道的脖颈。楚庄云朗声道："小心啊！"老道恍若不闻，只是呆在原地。当剑刃即将触碰到老道的皮肤时，楚庄云、南宫志远，还有王儒杰只觉得眼前一道白光闪过，王儒杰突然感到背上剧痛无比，感觉到缓缓有炽热的液体流下，再也支持不住，"啪"一声摔在地上。

再看那老道时，他已不见了踪影。只留下了空荡荡的客栈、破碎的桌椅、躺在地上呻吟的王儒杰，还有呆在一旁的楚庄云和南宫志远……

王儒杰在地上"扑通扑通"到处翻滚，时不时发出杀猪般的凄厉嚎叫声，听得楚庄云心烦意躁。他走到王儒杰面前，大声说道："喂！你别叫了行不行！"王儒杰只是撕心裂肺地大叫道："你杀了我吧！杀了我吧！"他实在不愿意多受这折磨人的痛苦，只想快快了结。

楚庄云无奈地回头看了看南宫志远，南宫志远眼睛里也流露出一份无奈和一份怜悯，轻轻地向楚庄云点了点头。楚庄云转过头去，长叹了一声，脚尖顺势朝王儒杰肋下一踢。王儒杰当即停止了大喊大叫，转而用虚弱的声音道："多……多谢……了……"说完脑袋一歪，撞在了地上，口中只剩下出的气儿了。

南宫志远慢慢地坐了下来，轻轻用手拍在桌子上，叹息道："这位前辈不知是何方神圣。他的招式、内功、轻功都是当今一等一的高手。只怕说他是天下第一也毫不为过。"楚庄云想到方才自己被那老道一下子就用"移魂摄魄"给制住了，若不是南宫志远从中机智吸引了老道的注意力，只怕现在自己已然成为一个没有思想、供人随意操控的傀儡了。心中不由得打了个寒战，说道："正是。此人举手投足之间就能将人置于死地，武功之高可见一斑。"

南宫志远又皱起眉头道："听方才王儒杰与那前辈的对话，好像王儒杰从前认识这位前辈。却不知为何他要说这位前辈'欺师灭祖、罪当万死'。真是令人好生奇怪。"说着缓缓摇了摇头。

楚庄云也是沉默不语，心中紧紧思索着师父曾经讲过的那些绝世高人中，有哪一个与那老道相似。但心中一直没有结果。

南宫志远忽然道："对了，我们查看一下王儒杰背后的

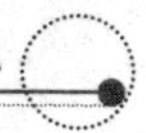

伤口，或许能多知道一些有用的信息。”说着走到王儒杰的尸体旁，从怀中摸出一个灰色的东西。楚庄云抬头一看，不由得“嗯”了一声，说道：“南宫大哥，这块陨铁是你从哪里搞来的？”原来南宫志远掏出的东西正是陨铁。

南宫志远神秘一笑，向楚庄云吐了吐舌头，然后摇了摇左手食指，示意不能告诉他其中的玄机。楚庄云微微皱了皱眉头，嘴唇微微颤动，但还是没有说话，只是待在一旁静静地看着。

南宫志远将陨铁在王儒杰周围都一丝不苟地扫描了一遍。却仍是什么都没有发现，不禁苦着脸笑了笑，无奈地站起身来。楚庄云看出了一点端倪，向南宫志远说道：“莫不又是‘三更断魂’？”南宫志远侧着头想了想道：“应该不是。我翻过有关医书记载，这‘三更断魂’一旦进入人的身体内，会发出一股兰花的味道。”楚庄云望了望王儒杰的尸体，问道：“那他身上有什么味道？”南宫志远皱了皱眉头，无奈地说道：“他？只有一股汗臭味！”楚庄云“哈哈”一笑。

南宫志远又是紧锁眉头，一副百思不得其解的样子道：“庄云老弟，撇开那位前辈和王儒杰不谈。方才听那矮胖和尚说什么全城的郎中和药店老板全都死了，我们是不是要赶紧调查一下此事？”

楚庄云点头道：“嗯。这件事太过于蹊跷，所以我们的确应该去仔细调查一下。”忽然话锋一转，接着说道：“但是……先前那个汉子很可疑啊，说话怪里怪气的，莫不真的是从宫里来的？不成，我总觉得那汉子便是这罪魁祸首，我要先去调查一下他。”南宫志远面上闪过一丝惊异，但转瞬即逝，又恢复了他那古井不波的表情，问道："庄云老弟，你一定是多疑了。光凭说话怪里怪气这一条，不能说明人家一定有问题啊！就算他真的有古怪，可是他已经不见了踪影。宣府那么大，你怎么在茫茫人海中找到他啊？"

楚庄云像下定了决心似的，重重地在桌子上拍了一掌，斩钉截铁地说道："只要功夫深，铁杵磨成针！只要我有信心，就一定能找到他！"说着转过身子，双手背在身后，望着窗外。

南宫志远笑道："你的功夫可深厚了，别说铁杵了，就连木杵也会成铁针的。嘻嘻。"楚庄云淡淡一笑，长长吁了一口气，转过身来道："这样吧，南宫大哥。我们分头行动，你去查郎中、药店老板暴亡一事，我去找那阴阳怪气的汉子。事不宜迟，现在就出发吧。今日酉时，我们再在这家客栈相会。告辞了！"话音刚落，楚庄云的身子就像一片羽毛似的滑出几丈远。

南宫志远感叹道："庄云老弟的轻功啊，又长进了不少哦！"从怀中摸出几锭银子，扔向掌柜的桌子前，真诚地说道："掌柜的，我们方才弄坏了这么多东西。实在对不住，不知这区区几两银子够不够您修复还原的？"那掌柜的早已吓得膝盖发软，跪在地上，战战兢兢地回答道："够……够……足够了……多……多谢客官。"

南宫志远淡淡一笑，缓缓走出了客栈。

第26章 歪打正着捕苍狼

焰红的夕阳徐徐落下，染红了天边的云彩，并在广袤的平原上依依不舍地洒下几朵余晖……

平日的宣府，即使是在战争时期，也一定会形成一片熙熙攘攘的繁华景象，赶集的人们摩肩接踵，形成一片望不到尽头的人海。然而此时……两旁的街道上冷冷清清，家家门户紧闭，人人足不出户。只是偶尔有巡城士兵手执长矛来回仔细巡视。若是发现有人家没有关紧门户，巡城士兵一定会亲切地提醒。

楚冰云站在总兵府的门口，望着夕阳一点点沉沦下去，长长叹了一口气，顿了顿足，在房间内频频徘徊，心中着急道：这鼠疫一天不除，宣府军民就会一直人心惶惶下去。军心涣散，民心动摇。这可如何是好？可是……可是这两个随军郎中竟然突然凭空消失！更有甚者的是，全城会医的人竟然一夜之间全部倒毙！老天……这是你特意用来考验我的吗？心中越想越烦躁，双手一挥，将身旁一个瓷瓶重重地甩在地上，只听“咔拉”一声，瓷瓶摔在地上，瞬间碎成数片。

恰好黄君直急匆匆地跑了进来，脚下一个没注意，一片尖利的瓷片扎进了他的右脚底。“啊哦！”黄君直大叫一声，坐倒在地上，双手捂住右脚。楚冰云连忙跑过去帮他检查伤势。还好瓷片扎进肉里不是太深。

楚冰云白了黄君直一眼，嗔道：“干什么啊！一副慌慌张张，神不守舍的样子。走路都不仔细看。”黄君直倒吸了一口凉气，拼命忍住从脚底传来的阵阵疼痛，像是在自言自语道：“真奇怪，早上我出去的时候。这花瓶还好端端的啊。怎么一下子就变成碎瓷片了？更讨厌的是，他竟然不去扎那个把它弄碎的人，竟然来扎这个无辜的我……”开始碎碎念叨起来。

楚冰云尴尬一笑，别过头去，心中却不住地偷笑，表面故作镇定地回应他道：“哈。他不扎你又扎谁。你刚刚跑进来的时候脚底太用力了！把它震了下来砸碎了。你刚刚也说了，应该扎那个把它弄碎的人，而那个人正是你啊！”黄君直顿时语塞，以不信任的眼光看了一眼楚冰云，不怀好意地问道：“原来是这样啊。那么总兵大人，属下有一事不明。为什么你的肩膀一直在抖呢？”原来楚冰云实在忍不住笑意，肩膀一直在微微耸动。

楚冰云又白了他一眼，连忙转移话题问道：“啊？有吗？对了，你这么着急跑来，有什么要事要禀报吗？”顺手从怀中抽出一卷绸条，裹在黄君直右脚上，想要帮他将碎瓷片取出来。

黄君直只觉得脚底又是一阵剧痛，但不敢发出一点声响。当下强忍剧痛，勉强挤出一丝微笑道：“总兵大人，我

得到了一个好消息。”楚冰云顿时精神一振，笑容可掬地问道：“哦！什什么好事啊，快说来听听！”心里一激动，受伤加了一把劲，一举将碎瓷片拔了出来。

黄君直“噢！”一声叫了出来，黄豆般大小的汗珠从额头上落了下来，喘着粗气道：“我们找到那两个随军郎中了。在城外的一处丘陵中。”

楚冰云神采奕奕地说道：“既然如此甚好啊！快把他们两个抓……哦不，请回来啊！”黄君直接着道：“总兵别急啊！我还有一个坏消息。”楚冰云登时换了一副眼色，催促道：“快说快说！别总是卖关子！”黄君直继续道：“坏消息就是，那两个郎中一个死于剑伤，另一个被扼死。尸体扔在丘陵那里……”

楚冰云瞪大了眼睛，大声道：“原来是白让我空欢喜一场！”一怒之下，竟然将瓷片又插回了黄君直的伤口处。黄君直惨叫一声：“啊呜！”痛得晕了过去。

南宫志远在街上信步闲游，看似漫无目的地随意散步，时不时随意左右张望，心中却纳罕道：真奇怪，平日听他人说大同宣府虽然是边关重地、战场前线，但平日都是繁华热闹非凡。今日怎的如此冷冷清清？是了，定是鼠疫惹的祸……哼！我一定要治好它！脚下不由自主地使劲一蹬，然后加快了脚步向一个药铺的方向走去。

还没走到药铺，一个巡城士兵恰好走了过来，见到南宫志远独身一人走在大街上，脸上表情浮现出一丝难以置信。那士兵举起长矛，大声喝问南宫志远道：“喂！兀那汉子，在大街上鬼鬼祟祟地干什么？还不赶紧回去，小心得了鼠疫！”

南宫志远淡淡一笑回应道：“多谢这位小哥提醒，我不怕鼠疫的。还有，我是光明正大走在这街上的，不是鬼鬼祟祟。”说罢继续向药铺方向走去。

那士兵登时眉头紧皱，紧紧握住矛柄，步步迫近南宫志远，大声呵斥道：“去去去，赶紧离开！管你是什么光明正大，还是鬼鬼祟祟的。总而言之，快给我回去！”

南宫志远心中暗笑道：哈。就凭你这几句不痛不痒的话，就能够这样把我劝回去？但心中也知道这个士兵也是为自己好，所以只是回头报以微笑，然后装出一副很无奈的样子摇了摇头，迈步继续向前走去。

那士兵是个急性子，见南宫志远丝毫不听他的劝阻，顿时大怒，挺起长矛向前一捅，直刺向南宫志远后心。南宫志远早就听到身后有利刃破空的声音，脸上微微一笑。待到长矛即将接触到自己后心的肌肤时，南宫志远猛然向上敏捷一跃，轻而易举地避开了这一击，一举跃到那士兵的身后。

那士兵见自己的攻击被眼前这个人轻而易举地闪避开了，心中更加愤怒，同时又掺杂着一些敬佩和畏惧。猛然回头向南宫志远道：“哼！你再不回去，我就把你当作是奸细抓起来了！”南宫志远“呵呵”一笑，连连作揖道：“这位小哥，我有要事在身。实在不能现在就回去，你也别再劝了吧！”

那士兵更是怒火中烧，骂道：“贼小子，好啊。那就别怪我不客气了！”挥矛又向南宫志远头顶重重砸去。南宫志远面上仍是保持一副微笑的样子，待长矛逐渐靠近时，左手食指和大拇指轻轻一扣，忽然弹向长矛。只听一声清脆的

“嗡”，那士兵虎口隐隐发麻，长矛把持不住，“唰”一下扔向天空，掉在远处的地上。

那士兵恼羞成怒，一半的脸变得铁青，指着南宫志远骂道：“贼汉子！你竟然会使妖法！来人啊，来人啊！捉奸细了！”扯起嗓子大声呼喊其他巡城士兵起来。

“来了来了！”其他一些巡城士兵“哗啦啦”闻讯赶来，每人都面裹一条清一色的白巾，遮住口鼻。打头一个士兵好像是巡城的小队长，只听他率先发话问道：“嗯？哪里有奸细？”原来那士兵伸手指着南宫志远，恶狠狠地盯着他，说道：“就是他，就是他！”南宫志远无奈地耸了耸肩，淡淡笑了笑，不置可否。

那队长上上下下仔细地打量了南宫志远一番，带有不信的口吻向那士兵问道：“你确定吗？我看他就是一个普通的文弱书生啊！”那士兵急得指手画脚道：“队长，你又不是不知道！鞑子奸猾，奸细一般都打扮得与普通人无异，用来迷惑我们使我们不会对他们产生怀疑啊！”

那队长半信半疑地点了点头，举起长矛指着南宫志远，说道：“书生，虽然不知道你是不是敌军奸细，但你形迹可疑。我们只好委屈你一下了。来人！把他抓回去！”

南宫志远向后微微退了一步，右手挡在身前，朗声说道：“且慢！我有一个问题想问一下！”那队长微微“嗯”了一声，接着说道：“什么事？你尽管问吧！让你被捕得心服口服。”南宫志远问那队长道：“冒昧问一下，我只是想知道你们脸上戴的是什么？”

那队长“哈哈”大笑，说道：“你这书生倒真有趣。好吧，我如实告诉你，这是我们的楚总兵下令给我们每个人都发一条的白巾！”南宫志远点了点头，又指着那士兵道：“那为什么他没有呢？”那士兵顿时惊出一身冷汗，转身便向后跑。南宫志远故意大声道：“喂！你跑什么啊！”

那队长恍然大悟，说道：“我还真没注意！差点抓错人了，快追！”说完带领这一帮士兵急匆匆地追了过去。

南宫志远笑着摇了摇头，继续走向药铺。

楚庄云一溜烟奔出了客栈，来到集市上，他奇怪地发现集市上冷冷清清的，别说一个人了，一只牲畜都没有。楚庄云心道：原来还想找路人问问那汉子的下落呢。哪成想……唉！

楚庄云不住地四下张望，希望能发现一点点蛛丝马迹，楚庄云心中暗暗祈祷着。忽然，楚庄云只觉得左前方有个棕色的影子飘过，心中微微吃惊，拔腿便追了过去。

这棕色影子飘得好快！楚庄云心中暗暗赞叹。只见那影子又飘进了一个小巷子里。楚庄云暗暗纳罕道：莫非那家伙住在这里？连忙跟着转进了小巷子里去。

巷子不大，只有一座宅院。只是不见了那个棕色的影子。楚庄云暗暗诧异，来到宅院的大门前，轻轻叩了叩门，朗声说道：“里面有人吗？请您开开门！”

过了一会儿，大门“吱呀吱呀”地打开了。出来一个脸上刻满沧桑的中年汉子，小心翼翼地说道：“这位公子，不知您光临寒舍有何贵干啊？”

楚庄云道：“劳驾，我刚刚追一个人。结果他到这里就不见了。我想进院来搜查一下。”说着便要挤进去。

中年汉子稍微关紧了一下，略微迟疑了一下。然后说道："哦，好吧。你进来吧。"楚庄云连声感谢道："谢谢您！"大跨步走进院里来。

院子里空空荡荡，除了一个湖什么都没有。楚庄云仔细环视了一下，连庭院的每个角落都搜查了一遍，什么都没有发现。楚庄云无奈地摇了摇头，转身之际他看到湖中央隐隐有气泡不断冒出。心中大是奇怪，转头问中年汉子道："大叔，这里有什么啊？怎么总是在不断冒泡？"凑近前去仔细查看。

中年汉子尴尬一笑，干咳了一声，说道："一些石灰而已。没什么特别的。"楚庄云心中暗暗起疑，但也不知道如何继续追问下去。一瞥之间，忽然看见中年男子衣着好像有些不同寻常，走近到他身边，拉扯了一下他的衣服，问道："大叔，这衣服是什么材质啊？"

中年汉子又是尴尬一笑，回答道："呵呵，这是我用我们家族祖传秘方炮制的皮衣，据说可以预防这鼠疫。"楚庄云抬头看了他一眼，低下头来一边继续仔细观看，一边问道："那这一般要泡多长时间呢？"中年汉子回答道："呃……大概一个月吧……"

楚庄云还是淡淡一笑，继续观察皮衣。中年汉子也总是尴尬地微笑着，显得极其不自然。就在这电光火石之间，楚庄云左手闪电般地锁住中年汉子的手腕，右手疾点中年汉子的"肾俞穴"、"气海穴"。

中年汉子吓得懵住了。任凭楚庄云点了周围穴道，瘫软在地上，以不可思议的眼光望着楚庄云。

楚庄云鼻腔内“哼”了一声，踩在中年汉子身上，胸有成竹地说道：“宣府的鼠疫，是这半个月内才爆发的。你刚刚说了，炮制一件这样的衣服要一个月，那个时候你怎么会知道宣府会爆发鼠疫呢？哼哼，奸细啊奸细，终于被我逮到了吧！”

中年汉子倒在地上，两眼黯然。

(P.S.题目中的“苍狼”暗指鞑靼的奸细，就像大漠苍狼一样难寻踪迹，但又十分难缠恐怖。特此说明。)

第27章 乍然惊现线索连

话说南宫志远信步走到一家药铺前，药铺却被白布条封闭住了。南宫志远踮起脚尖向内张望了一下，里面黑漆漆的一片，什么都看不见。南宫志远微感遗憾，正欲转身离开，忽然觉得左肩好像被拍了一下。

南宫志远像被闪电劈中了，心里“咯噔”一下，连忙回头，右手作擒拿状，忽听一声银铃似的脆笑。只见一个约莫十六七岁的少女，身着棕色宽袍衣面颊如新月清晕，如花树堆雪，一张脸生得秀丽绝俗，双眉修长，真比画中摘下来的人还要好看。

南宫志远板起了脸，一脸严肃的声音道：“慧灵，你又调皮了！为什么没事总是要吓我？”那名为“慧灵”的少女嘟起嘴来道：“谁要吓你了，是你自己胆子太小了。嘻嘻，你这么高的一个男子汉，总被我这么一个小姑娘吓到。羞也不羞？”说完，又如银铃般笑了起来。

南宫志远白了她一眼，回道：“南宫慧灵小姐，您已经过了豆蔻年华和碧玉年华了，已经不是小姑娘了。总是这么调皮，以后我看看到底是哪个吃了熊心豹子胆的敢迎娶我们的大小姐！”说罢也笑了起来。

南宫慧灵气得花容失色，举起小拳头便往南宫志远身上砸，南宫志远也不躲闪，只是笑着大声道：“啊呀呀！痛死了，痛死了！别打了。”待南宫慧灵气消了消后，南宫志远问道：“哎，慧灵啊。师父交给你的任务你完成了没有啊？”南宫慧灵微笑道：“这是当然。师父他老人家的指示，焉有不完成之理？”南宫志远这才点了点头称赞道：“不错不错。”

南宫志远转而叹息道：“不过，慧灵啊。我知道你的伪装术天下无双。我也知道是师父让你除掉王儒杰这个武林败类。但是你为什么要惹得庄云老弟那么不开心呢？”

南宫慧灵撇了撇嘴，说道：“谁叫他多管闲事的。不过看他那一副呆呆的样子，真是好玩。”说完又笑了起来。南宫志远无奈地叹了口气，说道：“平日素以聪明机智的楚门五公子，到了你眼里，竟成了一个大呆瓜！”南宫慧灵又是“嘻嘻”一笑。

正当二人嬉笑的时候，一个鹤发童颜的老人倏忽出现在二人身后，微微咳嗽了一声。二人连忙回头。南宫志远先道：“师父！您怎么来了？”和南宫慧灵双双拜了下去。那老人又是轻轻咳嗽了一声，说道：“你们两个起来吧！如今边关正值乱世，你们两个却只是在这里说笑，不思进取。该当何罪啊？”南宫慧灵还想要辩解道：“师父，我和兄长不过是偶然碰见了，说几句笑话。哪有您说得这么严重啊？”那老人不怒反笑：“好啊。还想骗师父了。师父虽然年纪大了，但是眼神可好得很啊。从你一到这里，师父就看见你一直和

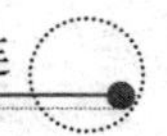

志远在一起说笑。你还打志远来着，是不是？”说完“呵呵”一笑。

南宫志远和南宫慧灵自幼没了父母，都是由师父从小带大。因此南宫兄妹与这老人名虽师徒，实为祖孙，说话时的语气也就没有那么严肃。

南宫慧灵微感诧异：师父在旁边潜伏了这么久，自己竟然没有发觉。于是低下头说道：“好吧，师父。我们错了。”那老人摸了摸南宫慧灵的头，慈祥地说道：“好孩子，为师这次来有新的重要使命派给你们，希望你们不负重托。”说着从身后拿出了一个鼓鼓囊囊的麻袋。

楚庄云将中年汉子绑好，心中思索道：我该怎么将这汉奸交给三哥呢？说不得，只好自己去了。弯下腰对那中年汉子说道：“先让你睡一会儿吧！”说着右手以迅雷不及掩耳之势拍在中年汉子头顶上的“百会穴”。若是常人碰到这“百会穴”上，仅是轻轻一拂，也非得让那人受重伤不可。而楚庄云下手自有轻重，虽然将那中年汉子击昏，但是没让他受半点损伤。

楚庄云将那中年汉子负在身后，施展轻功踏上屋顶，快而轻地飞奔向总兵府。

楚冰云兀自在总兵府里着急：这么多天过去了，而目前的线索只有两个已死的郎中。唉……正好此时，楚庄云从总兵府的屋顶落下，缓缓地着陆在门口，口中兴奋地大呼道：“三哥！”

楚冰云抬头看见了五弟来了，心中先是一惊，随后看到五弟身后好像还背着一个人。连忙站起身，惊异地问道：“五弟！你怎么来了？你背上背的又是谁？”楚庄云笑嘻嘻地回答道：“嘿嘿，三哥。我这不是听说宣府闹鼠疫吗？就赶过来帮你啊！”说着解下了背后的中年汉子，将他放在地上。

楚冰云眉毛一挑，微带惊异地说道：“嗯？宣府闹鼠疫的事情传得那么快？听大哥来信说五弟你去了黄山啊！竟然也得知宣府闹了鼠疫。那真是奇怪，为什么朝廷还没有派遣郎中来帮助稳定疫情呢？”楚庄云眼睛“骨碌骨碌”转了转，心中嘀咕道：其实皇帝还不知道宣府发生了鼠疫，又怎么会派郎中来呢？但还是报以尴尬一笑，说道：“可能当今圣上比较忙吧。或者是京城那边也需要郎中，调不开。”

楚冰云无可奈何地耸了耸肩，重重地叹了口气道：“也是。就这样吧。”步伐略显沉重地踱回大椅，显出一副颓丧的样子。

楚庄云赶紧转移话题，说道：“对了三哥。这个人啊……”说着指了指地上的中年汉子，“这个人是蒙古鞑子奸细啊！”楚冰云顿时将方才的颓丧抛到九霄云外，一个鲤鱼打挺从椅子上蹦了下来，惊异地说道：“哟！奸细啊！那还留着干什么，你直接把他解决掉！快快快！”

楚庄云白了楚冰云一眼，缓缓走到楚冰云面前，伸出双手抓住楚冰云的双肩，使劲前后摇晃。只摇得楚冰云双眼发晕。楚庄云边摇边道：“三哥。你给我醒醒，醒醒，醒醒！这个奸细是我们现在唯一的线索来源。你把他做掉了，鼠疫怎么治？全宣府的百姓怎么办？若是鞑子将宣府如此重要的要塞变为一座死城，全天下的万千百姓怎么办？怎么办！”最后竟激动地将楚冰云推了出去。

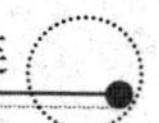

“唉唉唉！五弟！唉！”楚冰云猛然向后退了几步，才勉强站稳了脚跟。望着眼前到处乱晃的小星星，楚冰云说道：“五弟啊，别那么激动。我最近确实急糊涂了。你说得对，我们还不能杀他。先将他关起来吧。”大声呼喊道：“来人啊！”进来两个卫兵，恭敬地行礼请示道：“总兵有何吩咐？”楚冰云右手食指和中指并在一起指着地上的中年男子道：“来！把他关起来。严加监视和管理！”两位士兵齐声道：“喏！”将中年男子拖了下去。

楚冰云说道：“五弟你一路奔波辛苦了。加上你刚到宣府就立了大功。好好休息吧！”在总兵府内让下人腾了一间上好的房间给楚庄云。楚庄云行了告辞之后就回房去了。躺在床上辗转反侧，心中思索道：我就在这里住下来，南宫大哥怎么办？他不知道我来了这里。不如把他也接到这里来吧？嗯，不错的主意，就这样决定了，睡一觉先。

楚庄云正准备好好睡一觉时，脑海中不知怎的突然想起了姬元明和鄂雁清，楚庄云顿时头痛起来，兀自嘀咕道：“姬大哥，鄂二哥。他们俩到底跑到哪里去了？只是希望他们不要遇到洪蒙成一群人，或者是倭寇什么的来找他们的麻烦才好。姬大哥伤得重，鄂二哥只会用毒粉，怎么敌得过那些凶神恶煞的家伙？头痛啊头痛……”胡思乱想起来，就这样稀里糊涂地睡着了。

待楚庄云再醒来时，太阳已经落山了。望着渐渐灰暗的天空，楚庄云揉了揉睡眼惺忪的双眼，伸了个懒腰，缓缓地推开门。只见一个侍卫匆匆地跑过来，说道：“报告五公子，总兵找您。请您速到正厅。”楚庄云挑了挑眉毛，点头道："好，我这就去。"脚下发力，运起轻功，只一眨眼的工夫转眼就到了正厅。只惊得那名卫士瞠目结舌，半天合拢不上嘴。

楚庄云来到正厅，望见楚冰云正在和一名跪在地上的樵夫谈话。楚冰云见楚庄云到了，向他扬了扬手，示意他坐在自己的旁边，楚庄云依言坐下。

楚冰云向那名樵夫道："好了，秦大爷。您老先回去吧。"那樵夫磕了个头道："谢大人。"站起身来步履蹒跚地离开了。

楚庄云问道："事情查的怎么样了？"楚冰云道："不错。刚刚那位秦大爷说他在上山砍柴时看见我军死亡的两位郎中和一帮戴着牛头马面面具的怪人在一起，并且他目击了两位郎中死亡的全过程。"

楚庄云急忙问道："那到底什么情况？"楚冰云双手交叉在胸前，无奈地说道："秦大爷说那些人给了两位郎中一人一把兵刃。后来两个郎中对砍起来，其中一个把另一个砍死了。那些怪人就将一大箱金银珠宝推到那个活着的郎中面前。结果……唉，那些怪人趁那郎中不注意时，竟然将他活活勒死！真是太可恶了！"说着在桌上重重地拍了一掌。

楚庄云皱了皱眉头，问道："那这位秦大爷你们是怎么找到他的？"楚冰云说道："他自己找上门来的，说有要紧事禀报。"楚庄云惊异地瞪大了眼睛，心道：这也太巧了吧！

第28章 机变如神晓重光

楚冰云看了看待在一旁的楚庄云，微微笑道："五弟，我知道你心中很惊讶。其实我也很奇怪，这秦大爷怎么就突然蹦出来，还说了一个如此重要的信息。呵，若这是父亲给我讲述的事情，我只当他是在编故事逗我开心罢了。"说完又是微微一笑。

楚庄云一言不发，只是垂首凝思。楚冰云又说道："哦对了，五弟。你绑回来的那个奸细我们仔细审问过了。"楚庄云蓦然回神，扭头急切地问道："怎么样？可问到了一些有价值的线索么？"

楚冰云双手一摊，摇了摇头道："没想到他虽然智商不行，三两下就被你识破了内奸的身份。但是为人却硬得很，死死地紧闭着嘴，一句话也不说。"楚庄云不禁哑然失笑道："他这回学聪明了。连话都不说一句，看你们怎么套出他的话。"楚冰云也随即哈哈一笑。

楚庄云霍然站起，径直走到门口，前脚刚刚跨出门槛。只听楚冰云在身后喊道："五弟，你去哪儿啊？"楚庄云回头说道：“我去让那个内奸松口啊。”楚冰云皱了皱眉，试探性地问道：“你有办法吗？”楚庄云报之以一丝狡黠的笑容，说道：“没问题。”说罢，跨出了大门。

楚冰云将背靠在椅背上，轻轻松了一口气，心道：五弟这么自信，那一定是没问题的了。微微伸了个懒腰，一阵倦意冲上脑前。“好久没睡觉了。今天终于可以睡个安稳的了。”转身进了内屋。

楚庄云奔进自己屋里，左右张望，心忖道：要仿造成脖颈两侧臃肿的样子，需要找一些什么东西代替呢？左翻右找，但仍是一无所获。楚庄云正一筹莫展之时，一颗土豆滚至楚庄云眼前。楚庄云强压着笑意，蹲下来捡起那颗土豆。又一颗土豆滚将了过来。

楚庄云扭头看向土豆滚过来的方向，只见一道黑影从窗前一闪而过。“谁？”楚庄云应声冲出门外，想要再寻觅到那人的踪迹，那人却已经销声匿迹了。楚庄云心有不甘，心中盘算道：这人是谁，他怎么会知道我要做什么？会是谁呢？三哥？南宫大哥？不可能啊。他俩的身手都没有这么快。莫非是师父来了？也不对啊，师父早就对我们的事情置之不理了。

楚庄云不觉摇了摇头，心想道：不管他是谁，总是我们这一边的。伸出双手抓住那两颗土豆，放在脖颈的两侧比划了一下，自认为还挺像的。遂用一白绸条将自己的脸包住。楚庄云伸手摸了摸腮下，觉得效果不错。就走出大门。

一个卫兵见到楚庄云用白布裹着自己，两腮下肿起，很是诧异，急急地问道：“五……五公子，您这是怎么了？”楚

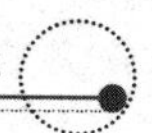

庄云将食指抵住自己的嘴唇，示意不可声张，请求道："劳驾你带我去关押那个内奸的牢房。"那名卫兵觉得莫名其妙，却也不敢违抗，只得带着楚庄云来到那中年汉子的牢门前。楚庄云微笑道："辛苦你了。打开牢门让我进去，我要审问他。"那名卫兵正好是看管牢房钥匙的人，当下唯唯诺诺地打开牢门。

楚庄云走进牢里，那中年汉子歪着头正在打盹。楚庄云食指和大拇指内扣，打了那中年男子一个爆栗。那男子顿时清醒，睁着睡眼蒙眬的双眼，望着楚庄云。露出一脸鄙夷的神情，说道："哼，又是你啊。这次你休想套出我的任何话！"说着紧闭着双唇。一言不发，略带挑衅地看着楚庄云。

楚庄云也不着急，只是将自己的脸凑到那中年汉子血淋淋的脸前，恶狠狠地说道："你倒是仔细看看我有什么变化啊？"中年汉子方才还是一脸轻蔑的神情顿时凝固在了那里。转而是一脸惊恐地问道："你……你的脸……怎么了？"楚庄云笑道："呵呵，承蒙您的关心。我也没多大事儿。只是啊……"说着竟然坐下来，表面上很不屑地说道："只是这牢房里就有两个死人喽！"

中年汉子吓得瑟瑟发抖，面如金纸，用一种极其恐惧的声音说道："你给我说清楚了，怎么会有两条人命！"楚庄云故意装作不屑的样子，将头扭向他，淡淡地说道："这没什么。我想你应该比我清楚，鼠疫的症状吧。"

中年男子的耳边仿佛打了个霹雳，他厉声呵斥道："你别吓唬我！"楚庄云耸了耸肩，装作无所谓的样子，将头别了过去说道："谁还有闲心吓唬你？你应该也清楚，鼠疫也是会传染的吧。”中年男子瞪大了眼睛，黄豆般大小的汗珠从他的额头滚落，只听他颤声说道：“你……你……你不会是要……”

楚庄云猛然扭过头来，说道：“你猜得不错。反正我总是要死的，多拉一个人去死，黄泉路上亦不寂寞也！嘿嘿。”中年男子红着眼大喊道：“为……为什么是我？”楚庄云说道：“你也别恁地激动。还有一个办法可以保住你。”中年男子急切问道：“是……是什么办法？”

楚庄云说道：“嗯。我想你应该知道这鼠疫的解药在哪里吧。如果你说出来，他们救了我，你不就没事儿了吗？”望着中年男子一脸怀疑的神情。楚庄云又道：“哦，你不说也没关系。大不了我们都是一死。”说完往地上一躺，一副完全无所谓的样子。

中年男子左右举棋不定，最终他下定了决心，咬了咬牙。一个字一个字地说道：“好！我告诉你。”楚庄云笑道：“哦，你真的这么好？那我就先谢谢了，多谢您的救命之恩。”

中年男子说道：“在这个世界上，原本只有三个人知道治疗鼠疫的方法。”楚庄云说道：“嗯。有三个？”中年男子说道：“是的。他们分别就是你们军中的两个郎中，以及他俩的师父——天华药师。但是很可惜，那两个郎中都已经死了。药方落入我们手中，以便宣府变为一座死城之后，我鞑靼军可以随时入驻去瘟。”楚庄云恍然大悟道：原来那个秦大爷说得不错。急切地询问道：“那天华药师现在在哪里啊？”

中年男子回答道：“天华药师应该居住在嵩山上，不过听说他居住的地方既陡峭，又极其难找到。”楚庄云说道：

“这无所谓，我相信我的身手。”中年男子道：“我知道的就真么多了。你别来把我拉着和你一起去下地狱就行。”

楚庄云笑了笑，走出了牢房。

楚庄云正暗自窃喜，远远地只望见一个卫兵飞奔而至，气喘吁吁地向楚庄云说道：“五公子……不……不好了！”楚庄云问道：“什么事情这么慌张啊？”那卫兵说道：“鞑子……鞑子部队开始攻城了！总兵已出去迎敌。”楚庄云点头道：“嗯，我知道了。我这就赶过去。”

来到城墙上。楚冰云正歇斯底里地指挥着健壮的士兵拼死守护着城池，滚木、镭石、箭矢如雨点般扑向城外鞑靼兵。哭喊声、惨叫声、斥骂声，一个个如炸雷般在楚庄云耳旁响起。

楚冰云手持镔铁戟，灰头土脸，溅起的尘沙无情地散在他的脸上，但他依然不屈服、不退缩地站在城墙的最前沿。只听破空的一声——“嗖”，一支流矢扑向楚冰云面门，楚冰云右手一挥，“咔嚓”一声划断了流矢，随即大呼道：“众将士！保卫朝廷的时间到了！誓死抵抗！绝不能让鞑子攻上来！”答复他的是千万士兵坚定的回答声。

楚庄云正兀自慨叹之时，只觉得一只手搭在自己的肩膀上。楚庄云猛然回头，却看见一张清秀的脸，楚庄云不禁惊讶地说道：“原来是南宫大哥！”来人正是南宫志远。南宫志远道：“我就知道你小子在这里。怎么样，有什么线索没？抓到那阴里怪气的人没有？”

楚庄云无奈地耸了耸肩道：“那人倒是没抓到。不过我抓到了一个鞑子奸细。我刚刚从他口中盘问出来一个重要的信息：他说，嵩山上有一个老药师，他知道如何治疗治鼠疫。”南宫志远大喜道：“这可真是太好了。宣府全城的百姓有救了！我们何时动身？”

楚庄云说道：“嗯……如果可以的话，一会儿待我禀报了三哥之后我们就可以启程。”

说话间，只听见对面鞑靼军队鸣金收兵回营。楚庄云不由得激动万分，说道：“看啊，我们赢了！”南宫志远点了点头，用一种微微担忧的口吻说道：“只是不知道冰云老弟能不能再次击退鞑子的下一次猛烈攻击啊！”楚庄云肯定地说道：“我相信三哥！”

楚冰云满脸都是灰尘地退了下来，向楚庄云说道：“呼！这次好不容易才击退敌军啊！咦？这不是南宫大哥吗？”南宫志远忙上前行礼道：“正是不才。冰云老弟，你现在可真厉害。统率千军万马保卫边疆，可真是一位大功臣啊！”

楚冰云笑道：“哈，南宫大哥你就别挖苦我了。这次我们胜得很侥幸啊。唉，不知道下一次还能不能大胜。”

楚庄云上前道：“事不宜迟。三哥，我从那汉奸那里打听到了一个重要信息：嵩山上有一个老药师，他知道如何治疗鼠疫。所以我请求和南宫大哥一块去嵩山要得药方，以拯救全宣府的百姓！”楚冰云点头应允道：“嗯，快去快回啊！小心路上鞑子的截杀。”

楚庄云和南宫志远向楚冰云行了个礼，转身快步奔下城墙，匆匆收拾了些行李，纵马疾驰出了宣府。

第29章 打抱不平恶难当

楚庄云和南宫志远一路上昼夜兼程，白昼时与朝阳赛跑，黑夜时则与星辰为伍。这一日，两人进了石门。楚庄云的马走在前面，南宫志却被远远地落在后面呼喊道："庄云老弟，庄云老弟！我们休息一下吧。"

楚庄云勒马回首，等着南宫志远一点一点地向前靠近，便说道："哎呀，南宫大哥。不是我性子太急。我何尝又不累呢？只是，我每每想起宣府的百姓正受着鼠疫的荼毒，以及回想起三哥每次守城的度日如年的滋味。我怎么敢轻易地……唉……"

南宫志远晃悠悠地骑马而来，也说道："五弟，你的爱民之心，不才怎会不知晓呢？只是……"楚庄云打断了他的话，一脸笑容地说道："多谢南宫大哥理解。那么我们到邯郸（今河北邯郸市）再休息吧！"

南宫志远翻了翻白眼，两臂搂住了马脖子，将头依靠在马身上，做出一副疲惫的样子，说道："邯郸啊？那里距石门大概六百多里的行程呢！我说庄云老弟啊，就算我们精力充沛，尚可以坚持。但是马不行啊，它毕竟是牲畜。”

楚庄云无奈地看了看南宫志远，只得耸了耸肩，点头说道：“好吧。南宫大哥，你说的有理。”二人进城找到了一家客栈。

二人刚下马，店小二就热情地迎了上来，恭恭敬敬地接过马缰绳，点头哈腰地说道：“两位爷，里面请。小店虽然不大，但是佳肴美食一应俱全。”将楚庄云和南宫志远迎进客栈内。楚庄云抬头看了看客栈招牌：布达客栈。楚庄云不觉暗暗笑道：“不大”客栈。嘿嘿，真是谦虚啊。

二人在一较为干净的桌前坐下。店小二急急地赶了过来，又是一番点头哈腰道：“两位客官，您要点些什么？”南宫志远问道：“我看你们这客栈是全城中最大的。所用的食材原料应该也是全城中最好的吧。”那店小二连连点头道：“爷，瞧您说的。我们的食材可都是一等一的。您在大街上随便拉一个本地人过来，没人不称赞我们布达客栈的菜肴美味的！”

南宫志远点了点头，又问道：“那你们本地可有什么特色吗？”那店小二眼睛看向房梁，想了想道：“有啊有啊。什么无极饸饹啦、藕面啦、崩肝啦……”楚庄云一把接过他的话，说道：“听上去都不错。我们都要一份吧。”店小二方欲退去，南宫志远叫住了他，问道：“小二哥。劳驾告知这几道菜的典故或故事可好？”

店小二笑盈盈地回答道：“这位爷台真是个学问人，堪比古时孔圣人不耻下问。两位爷台问这几道菜的来历，这可真是问对人了。譬如这崩肝吧，据说是源于唐代大将郭子仪

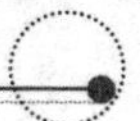

在真定（今河北正定）退敌回营后，将士们以炖糊的牛肝为食，虽有些糊味却满口清香。后来真定一位马姓厨师尝试着在其中加入汤及调料终成‘崩肝’而流传至今。”楚庄云不觉点了点头。

店小二继续道：“再说这无极饸饹，相传宋时少年‘包青天’赶考路过无极县，刚到县城西门口，就闻到了荞麦饸饹的香味，便急忙走进一家饸饹馆，叫店小二：‘速上荞麦饸饹三大碗’。店小二故意加大分量，满满盛了三大碗，端到包拯面前：‘你能吃完这三碗饸饹，我的鼻子让你打三棒槌。’包拯说：‘如我吃不完，让你往我的鼻子眼里灌三碗甘醋。’谁知这个又饥又饿的黑大汉，一气吃完了三大碗饸饹，还喝完了三碗甘醋。包拯大喝一声：‘店小二，快拿棒槌来。’这时店小二早吓得跑远了。这个故事流传至今，这就是为什么现在我们吃荞麦饸饹总是喜欢多加点醋的原因了。”说完憨憨一笑。

南宫志远也笑道：“那个店小二竟然敢调戏包青天，被打也算是‘罪有应得’的了。”惹得店小二和楚庄云都是哈哈一笑。

店小二接着说道：“两位爷，这藕面的来历可就大了。这藕面源于隋唐，据元朝时期马可波罗所著《马可波罗游记》记载，说他们国家的那个什么意大利空心粉就是按照‘藁城宫面—藕面’模仿、演变而来。当代诗人凌儒子曾赋诗一首：众赞荷花贵似仙，情深又叹并蒂莲。莫愁去蒂恐丝断，化做藕面皆是缘。对‘藁城宫面—藕面’也是赞誉有加。”

南宫志远惊异地说道：“小二哥，你知道的很多啊。怎么就屈才当了个店小二呢？”店小二苦笑地说道：“两位爷，小的出身卑微，每日就靠这个养家糊口，我怎么能不记住呢？”楚庄云说道：“这样吧，小二哥。你也别叫我们爷啊爷的了，我们平起平坐。还有，你的名字叫什么？”店小二说道：“承蒙两位爷……哦不两位看得起，我姓傅，叫重四。两位客官，我先去给你们准备菜肴啦。”说完便匆匆退下了。

南宫志远叹气道：“许多像重四这样的有才的人都湮没在市井人群中了。可惜了。”楚庄云没有说话，只是静静地思索了一会儿。半晌，他猛然说道：“南宫大哥。你觉得重四怎么样？”南宫志远回答道：“嗯……很好啊，记忆力超群，为人老实巴交，做事勤勤恳恳。”楚庄云微笑着说道：“那……不如我们把他带着吧！”南宫志远的眼睛内先是闪过一丝惊异，随后点头应允道：“这倒是个好主意，重四一定可以给我们提供许多帮助的。”

正在此时，傅重四端上了藕面、无极饸饹和崩肝，正要退下。楚庄云一把拦住他说道：“重四兄弟，来。”招手示意他坐到自己的身边。

南宫志远问道：“重四兄，家中尚有老人否？”傅重四低下了头，用一种较为哀伤的声音说道：“小人幼年不幸，家中二老尽遭荼毒。”说着竟埋下脑袋低声抽噎起来。

楚庄云最是侠肝义胆，听到这句话，胸中的侠义之气顿时而生，拍案而起问道：“是谁人如此没有王法？带我去收剿！”南宫志远也缓缓站起，拍了拍楚庄云的肩膀说道：“庄云老弟，不要这么冲动。来来来先坐下。”

傅重四说道：“两位，出了城之后北边不远处有一座山，

被本地人称作是魑魅山。因为山上有着一帮土匪，经常打家劫舍，弄得整个石门城人心惶惶。”楚庄云说道：“朝廷怎么不派兵去围剿呢？”傅重四叹道：“那群土匪以用兵迅速狡猾著称，没人能活着看到他们的铁骑。朝廷的兵根本寻不到他们的踪迹，更别谈什么剿灭了。”说着又是深深地叹了一口气。

楚庄云说道：“这样啊。那我今天就替天行道一次。”说完脚下运起轻功，一跃而出。左手运起内功解开缰绳，帅气地往马背上一跃，就此策马扬鞭而去。

南宫志远刚刚追出大门，只看见楚庄云绝尘而去，只留下滚滚黄沙在漫天散扬……

南宫志远叹息一声，缓缓走到傅重四面前。傅重四仍是一副泪眼蒙眬的样子，南宫志远摇了摇头道：“罢了，天命而已。庄云老弟该有此劫。”

傅重四忽然像是被雷劈中了似的，汩汩鲜血从他的胸前和后背喷然而出。傅重四重重地摔在地上，两眼直挺挺地看着南宫志远，浑身抽搐。南宫志远微笑地看着他，然后飘然而出。随后是周围人的阵阵惊奇声和客栈老板的斥骂声……

楚庄云一路疾驰向魑魅山，楚庄云抬头仰视：此时的松树全是翠绿色的，杂草也长起来了，满山都是翠绿色的，再点缀上金黄色的油菜花，倒似一幅美丽的人间仙境。

好一幅欣欣向荣的景象！楚庄云心中不由自主地想道。

忽然间，对面来了几位劲装结束的汉子，都坐在清一色的黄鬃马上，朝楚庄云奔来。

楚庄云也不惧，冷笑地看着来人渐渐逼近。来人中的一人大喊道：“哼！竟敢闯我魑魅山，胆子不小！”楚庄云也冷笑地回答道：“呵呵，你们这样的人间败类，人人可诛之！今天我楚庄云替天行道，前来诛杀你们！”

那头目听罢，先是一愣，随即哈哈大笑起来，两旁随从的人也跟着捧腹大笑。那头目发话道：“嗯？就凭你？嘿嘿，即使你就是天下闻名的楚门五公子，也妄想惊动我们这里的一花一草！”

楚庄云听罢后大怒，说道：“不杀此贼，我楚庄云誓不为人！”右袍一卷，一股劲风扑面而至。只听得那头目应声惨叫一声，随即跌下马来，眼见是不得活了。

其余随从大怒，说道：“这混蛋杀死了五当家的！不能饶了他！”随即纷纷抽出兵刃，催马扑向楚庄云。

楚庄云冷笑一声道：“庄云虽驽，独畏尔等小小毛贼乎？”抽出光日辉月箫，迎面点向二人的“膻中穴”，那二人只是呻吟两声，纷纷跌下马来。其余人纷纷将兵刃砍向楚庄云。楚庄云鼻尖微微一哼，挥舞着光日辉月箫纷纷将兵刃架开。倒是那群人自己反受了反弹之力，一个个都被震离马背，摔出几丈远。

不远处的五六个土匪见了，吓得纷纷调转马头，往山里奔去。楚庄云笑道：“一群一打就散的乌合之众。为何傅重四说他们极其难对付？真是高估他们了！哈哈。”说完也乘马追击，进了山口。

第30章 日月星辉闯白虎

话说楚庄云追进了谷口。却见山谷内别有一番洞天：青山、绿水、碧草、翠竹、蓝天，琴音微凉，像起浮在寒潭上的月光般缥缈，尔后渐行渐远……侧耳倾听，似有竹笛清冷的倾诉，竹箫悠远苍凉的幽怨，整个山谷沉寂在一片半寂寞半忧伤的声响以及绿树环绕的清冷中……

楚庄云不禁收敛住方才策马奔驰的姿态，转而握紧马辔，徐徐前行，将左右这美景尽收眼底，一时间忘记了剿贼的事情。楚庄云抬头望望天空，却被成片成荫的树枝树叶遮挡住了，细细的光线从枝叶缝中偷偷地溜了下来……连续几天的小雨，将谷中的灰尘全部洗去，留下的，只是那若隐若现的一道虹，以及醉人心肺的新鲜空气。

楚庄云呼吸着沁人心脾的空气，被这美景所深深吸引住，不禁长吟道："'空山新雨后，天气晚来秋。'嗯，王右丞的好一首《山居秋暝》！今日，我楚庄云也有幸见得此等美景，真是幸运。"不禁纵声唱了起来。

正当楚庄云高兴地忘怀之时，不远处一个冷冷的声音道："大胆！竟然敢擅闯白虎谷！"话音刚落，一支箭矢"呼"地直奔向楚庄云面门，楚庄云先是被这突如其来的声音所惊到，转而又看见一枝流矢冲着自己的脸庞飞奔而来，只是一眨眼的工夫，箭尖即将触碰到自己的皮肤。

紧急之时，楚庄云不由得大喝一声，左手疏忽向上，中指和食指如闪电一般夹住了箭翎，紧接着又是怒喝一声，指尖发力，竟然生生地震断了箭枝。

那个冷冷的声音显然也被震惊了一下，不禁"噫"了一声。跳出草丛，向身后招呼道："兄弟们出来吧，大家合伙擒住这个家伙！"话音刚落，他身后的草丛中就"稀稀拉拉"跳出了十余人：一个个都是头顶着草根树枝编成的隐蔽头环，手中各握着一把短刀。

楚庄云勒住了马，冷笑了一声，用极其警惕的眼光扫视了每一个人。若是眼神可以杀人的话，这些人的身上早已多了数十道口子。

方才放冷、为首的那人道："楚老五！我们哥儿几个在白虎谷又未曾招惹过你，也没有得罪过你们楚门，为什么擅闯我们这里？"楚庄云指着那人的鼻子说道："你刚刚既然说未曾招惹过我，那么方才你放暗箭，意欲伤我之事该如何做解释？"那人先是一愣，但随即恢复了那冷冷的声音说道："哼，那不过是我抵御外敌的一种手段罢了！"

楚庄云又是一阵冷笑，倏忽跳下马来，说道："既然你如此嚣张，那么我们就手下见真章罢！"那人说道："哼！如果我不使出些真本事，你真的不知道我赵三的本领！"说着从背后抽出一支箭矢，拉弓引弦，一切做的行云流水。只听见破空的一声“嗖”，又一支箭矢奔向楚庄云，然而楚庄云这次早有防备，右脚脚尖踮起向上钩踢，将箭矢笔直地踢向上空，楚庄云待脚尖刚一落地，立即敏捷地跳到上空，右手两指夹住箭矢，像扔飞镖一样朝赵三掷去，顺带说道：“赵三！接好你的箭，这是我还给你的！”

赵三眼见那箭矢朝自己面门飞来，急忙躲闪，却已然迟了。“嗤”的一声，箭已射入赵三的右肩。赵三随即大呼一声，双臂一张，将那张弓抛出丈许，昏倒在地上。赵三手下人慌忙来查看，只见赵三双目紧闭，脸色惨白，嘴唇隐隐泛紫，左手死死抓住箭翎，右臂仍在冒血，手下中一个人想要替赵三拔出箭枝。

楚庄云在一旁冷眼旁观，说道：“呵，他右臂肩胛骨都碎了，若是你们现在拔出箭枝的话，他这条胳膊铁定是废了。”赵三的手下人一个个都吓得面面相觑，半天都说不出来话，两个人将赵三抬了起来，朝谷中深处奔去。其余人仍旧拿着刀，堵着楚庄云的去路。

楚庄云朗声说道：“你们的主子都死了。你们还要负隅顽抗吗？这只会白白伤了你们自己的性命！”赵三的几名手下人只是摇了摇头，仍是站在路中央。

楚庄云不觉地皱了皱眉，说道：“还真是一群忠诚的人。”向他们深深一揖道：“既然如此，诸位请不要怪我下手太重了。”抽出腰间的光日辉月箫，径直点向最前端的一个人“鸠尾穴”。赵三的那些属下不慌不忙地走位，好似从前就已经训练好了似的。走位完毕，每人都做出了一个相同的动作：将手中的短刀朝楚庄云掷去。

楚庄云眉头微微一皱，大袖一挥，一股劲风随袖而出，“啪啪啪啪”打落了几柄短刀，但仍有短刀余劲不减。楚庄云心中骇然：这赵三不过是一个跳梁小丑，他手下竟有如此好的本事！本能地向后一退，右手紧握光日辉月箫，使出少林派绝学之一“达摩剑法”中的第三式——“马蹴落花”。楚庄云使将起来，真似马蹄下落，“乒乒乓乓”剩余几把短刀纷纷落地。

赵三那些下属脸上终于闪过一些敬畏，但仍旧不让出道路，双手空空地站在原处。楚庄云对这些忠于职守的人抱有很大的好感，于是深深一揖道：“诸位，庄云得罪了！”脚下运起轻功，飞一般地点了他们的穴道，但招招手下留情，没有立刻置他们于死地，只是将他们点倒。楚庄云又是深深一揖，说道：“得罪了！”跨马继续向前赶去。

纵马不多远，前方是一片幽寂的竹林，确是一幅唯美的景象，楚庄云在翠竹林中呼吸带有竹叶清香的空气，好一个神清气爽，将方才的忧虑统统抛到九霄云外！似轻舟荡漾在翠竹掩映的海中，风湿漉漉地吹着，飘荡着新鲜的竹绿气息。楚庄云置身于这片竹的世界，仿佛徜徉在竹海沐浴，洗涤了滚滚红尘的烦忧……

这寂静的环境，却被一破空的声音打破——“咻！”随声而来的却是数根长竹箭。楚庄云暗骂道：“今天真是见了鬼了。又中了埋伏，每次都是箭！”心中虽然骂着，望着飞速奔来的竹箭，楚庄云心忖道：“催马躲避是不可能的了。马儿啊马儿，委屈你了。下辈子当个人吧，免得受了这般苦楚！”一个箭步跳下马来，脚下也丝毫不敢懈怠，踏起了

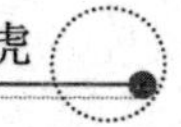

“大江东去”的步法。这“大江东去”的名称是从唐代文豪苏东坡的名作《念奴娇·赤壁怀古》中的名句——“大江东去，浪淘尽，千古风流人物”演绎而来。

楚庄云尽数闪过竹箭，刚刚歇步，回头看看被乱箭射死的马儿，心中正要慨叹，又听得“嗖嗖嗖”几声，这次楚庄云也不闪避，使出“邯郸六剑”的第二剑“怒发冲冠”，挥舞着光日辉月箫向上挑起一支竹箭，随后调转竹箭方向，借力打力，将其他竹箭纷纷击落。

楚庄云吁了一口气，正欲继续向前走。忽听得不远处一个人闪了出来，有节奏地鼓着掌，脚下打着拍子，吊儿郎当地走向楚庄云，口中不住道：“嗯嗯，不错不错。不愧是楚门五公子，身法和招式都是上乘。嗯，不错不错。”

楚庄云待那人走近，定睛一看，却是一个书生。那书生身穿水墨色衣，乌黑的头发在头顶梳着整齐的发髻，套着一个精致的白玉。发冠之中，清秀的面孔在太阳的照耀下显出完美的侧脸。头戴绿色方巾，手执一把折扇，一身书生气质。

楚庄云心中盘算道：这书生估计又是那赵三一伙的！还是先下手为强吧。待那书生刚刚走进，还未说话之时，楚庄云倏忽欺到那书生面前，出手点中了那书生腹部的“巨厥穴”。楚庄云正要再点“膻中穴”，只觉得自己的小腹极度疼痛，不禁撤回步子，立在一丈之外。

那书生笑道：“楚老五不要这么着急嘛！看吧，还弄伤了自己。嘿嘿嘿。”楚庄云心中大怒，垂首查看衣裳，却发现鲜血已经染红了整个腹部，楚庄云大是惊愕，隐隐摸到一根直径为一毫米粗的细刺已经扎入自己的小腹内，仍有汩汩鲜血向外不停地冒出，一阵阵剧痛不停地刺激着楚庄云。

楚庄云倒吸了一口凉气，迅速地拔下刺，拿在手里。那书生洋洋得意道："哈，楚老五，那上面可涂有我自己配置的剧毒呢。我看你啊，活不了多久了！呵呵呵。"楚庄云忍着剧痛，说道："呵，那可不一定哦……"说罢大吼一声，冲向那书生，那书生见状，袖中机栝发射，又一根毒刺扎向楚庄云，待那根刺扎到楚庄云的前胸之时，书生也觉得胸口一疼。不由得跌倒在地。

楚庄云也半跪在地上，恨恨地说道："如何，也让你尝尝自己毒针的味道！"那书生吓得魂不附体，面色惨白，想要抬手却由于毒性发作无法做到。

原来楚庄云在奔来的那一瞬间，将毒刺发射了出去，自己跑过去不过是为了吸引那书生的注意罢了。

那书生身体羸弱，哪里禁受得起这一下重创。不一会儿就死去了。

楚庄云嘴角微微一扬，却再也坚持不住了。一下子跌在地上。旁边正是一条涓涓小河，楚庄云忍痛滚到小河里，随水流渐行渐远……

第31章 笑登极乐重现世

在这个世上，莫说人心难测，就连天气也常常变幻莫测：刚刚还是晴空万里，转而天翻云覆，浓密的乌云骤然聚在一起，将太阳遮挡住了：刮起阵阵狂风，似要把这大地上的一切事物全部卷走。已而又是天降大雨，雨水“淅淅沥沥”地掉了下来，犹如天边倾洒下来的一瓢瓢清水。

“道临兄，你看这连绵起伏的山脉，绵长亘古，此起彼伏，一望无际，直接与天边相连。给人的感觉是无穷无尽的，这不就是‘道’吗？‘绵绵若存，用之不勤’。”一位黄袍道人用一只手指着远处若隐若现的山脉，同时另一只手捋了捋胡须，默默微笑着。他身旁一位绿衫的中年男子，却表现得相对冷漠一些，只是微微抽动了一下面部肌肉，闭口不答。

穿黄袍的道人仍旧面带微笑，向绿衫男子说道：“哎呀，道临兄你不要闷闷不乐了。庄云这孩子机灵得很，不会有事儿的。”绿衫男子这才微微舒展眉头，以一种低沉的声音简明地说道：“但愿如此吧。”微微迟疑之后接着说道：“枣亭兄，我们今天到终南山来干什么？”

黄袍道人笑了笑道：“难得你有三年的假期。这些年来，你在朝廷官居要职，每天废寝忘食，日理万机，难得回来几次，重游故乡的终南山……”青衫男子凝重的脸上终于掠过一丝微笑，说道：“是啊……如此掐指算算，尔来已经有二十五年了。唉，岁月不待人！想当年，我们还是孩子的时候，就常常喜欢到这终南山上全真教牛鼻子管辖的果园里偷吃果子，呵呵……”转而看见黄袍道人脸上闪过的一丝愠色，随即消失，连忙改口赔礼道：“我忘记了，忘记枣亭兄你已经出家了。”黄袍道人报之以微笑说道：“罢了，这些都是小事儿。道临兄无心之言，怎么能怪罪？”

绿衫男子说道：“枣亭兄，何不趁着这缓缓升起的皎月，到‘云水亭’赏月饮酒呢？”黄袍男子附和道：“嗯嗯，好啊好啊。我们已有很长时间没共同饮酒了。”转而望向天边缓缓升起的朦胧的皎月，捻须说道：“不知道临兄可知那‘云水亭’的来历？”青袍男子嘴角微微上扬，说道：“枣亭兄在欺我无知吗？这‘云水亭’取名来自于重阳祖师的弟子、南无派的创立者——长真真人谭处端的著作《云水集》。”微微一笑，捻须道：“枣亭兄不会认为我平日闲暇时什么都不做吧？”黄袍道人爽朗大笑道：“怎么会，怎么会。道临兄多虑了。唉唉，时间不早了，还好我随身携带着一壶江西麻姑酒。”说着从袖中拿出一壶酒，都过壶嘴深深吸了一口气，心满意足道：“好啊，这才是美酒的味道！”

绿衫男子好奇地问道：“枣亭兄你可真是神通广大，你是怎么从陕西搞到江西麻姑酒的？”黄袍道人笑道：“嗯……

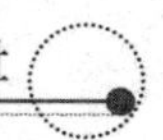

上次我到江西去讲学，过路的一位年轻人恭敬地来向我请教，临行前他赠送了我三壶江西麻姑，嗯……就是这个味儿……”说着又深深吸了口气，陶醉在美味的酒香中。

绿衫男子微微笑道：“行了枣亭兄，时候不早了。我们快去吧！”拉着黄袍道人的手，迈步沿着山路向山顶走去。

没一会儿，一个建造华丽的小亭子出现在绿衫男子和黄袍道人眼前。黄袍道人微微埋怨道：“哎呀，道临兄。你走得那么急干什么。哎呀呀，酒都洒出来了，唉唉太可惜了。”说着，一副不甘心的样子闻了闻沾满了雨水和酒水的衣襟。

绿衫男子微微一笑，随即昂起头来，向着身旁一撮灌木丛厉声喊道：“什么人？出来！”黄袍道人也顺着他的方向看去。只见灌木丛中一股脑儿地涌出几个人。当头的一个人冷笑说道：“朱先生好耳力，大雨之间还能听到如此细微的声音。黄某在此算是服了。”说着向绿衫男子抱拳作揖。

绿衫男子冷笑道：“哼，你们也不必假惺惺了。说，你们鬼鬼祟祟地藏在灌木丛里干什么？”姓黄的说道：“啊哈，朱先生不必动怒。我们大当家近来想念两位先生得紧，想让先生上山去坐坐，喝杯茶，吃个饭，小叙一番。”黄袍道人怒道：“滚你的‘想念得紧’，你们荡良山有什么好人？”绿衫男子也是冷冷地回应道：“就算事实当真如此，也请云洲兄弟转告赵当家，就说朱某有事抽不开身，没空儿去。”

黄云洲呵呵一笑，抽出随身的柳叶刀，换了一副脸色道：“朱先生、林先生，若二位当真不肯赏脸，黄某也只好率众弟兄们与二位兵刃相见了！”黄袍道人仰天长啸一声，死死盯住黄云洲道：“你倒是来啊！怕你不成？”从两靴之中各抽出一柄匕首。匕首现世，在月光的反射下和细雨的洗涤下，恍似两泓秋水，隐隐散发着一阵寒气。一看就是一对绝世兵刃。

黄云洲心下一凛，微微向后退了一步，用眼神示意部下上前进攻。两旁的人纷纷抽出携带兵刃冲上前去。黄袍道人怒喝一声，灵敏地绕到一人身旁，右手匕首对准那人心脏位置捅下。刃入皮肉，悄无声息，那人还未感觉到痛楚，就已命丧黄泉，瘫在地上，软软缩成一团。

其余人见了如此惨状，纷纷后退，一个个都紧握兵刃，伺机而动。绿衫男子也是静静地在一旁观望，微微冷笑。黄袍道人一边缓缓踱步，一边寻找可下手的破绽。两方就这样僵持着。皎洁的月光轻轻泻在死者平静的脸上，显得分外可怖。

雨，渐渐小了。

黄袍道人一句“嘿”打破了这良久的寂静，只见他一个箭步冲向黄云洲。黄云洲慌忙挥刀格挡，将刀竖在胸前。黄袍道人脸上倏忽闪现出一丝不易察觉的微笑。电光火石之间，黄袍道人右脚尖踢在黄云洲手腕上，径直掼了出去，右边的匕首随手一挥，左手竖直劈了下去。“咣当”几声，两柄断剑跌在地上，然后是两具尸首：一具脸上犹带着一道竖直的血痕，另一具脖颈只见仍流出汩汩鲜血。

黄云洲也半跪在地上，紧抓着右腕，脸上流露出难以忍受的痛苦神情。原来右腕已经骨折。

绿衫男子这才开口说话道：“云洲兄弟，我还是奉劝你回去吧。莫在此丢了性命！”黄袍道人也是“呵呵”一笑，向绿衫男子说道：“道临兄，贫道既已出家，早已规定：一天不得

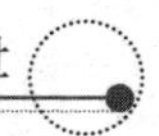

杀超过三个人。如果他们坚持作死的话，贫道只好请你代劳了。嘿嘿……”谈笑之间，仿佛黄云洲等人已是必死之人。

黄云洲终于强忍住了痛楚，深呼吸一口气，说道：“我荡良山的子弟，怎么能够如此夹着尾巴灰溜溜地逃回去？尽管我们打不过你，但我们拼上性命也要与你们痛痛快快地打一场！”改换用左手持刀，向黄袍道人劈面砍去。

黄袍男子侧身一避，微笑着一带而过，随后轻轻捂住了耳朵，暗运真气。绿衫男子手中不知什么时候多了一柄翠绿的玉箫，缓缓放在唇边，一口真气缓缓吐出……

雨过天晴，太阳缓缓从天边爬了上来，在云雾迷蒙的山涧上形成一道道绚丽的彩虹。

两位身着道袍的小道士欢快地走上山来，今天他们的工作是看守打扫云水亭。其中一位小道兴奋的表情凝固在一瞬间：遍地是尸首，大多死者普遍面带微笑，身上没有明显伤痕，只有其中一位右手手腕断裂。还有其余三位，身上带有明显的致命伤痕……

两位小道吓得脸色苍白，慌慌张张奔下山去，去找现任全真教掌门——羽清真人。

羽清真人听到后也是大惊失色：竟然有一群人趁着月色，逃过守夜道人的法眼，上山来打斗行凶！更令人奇怪的是那些死者的惨状。羽清连忙带着师兄羽真、师弟羽林、羽虚一同前往云水亭。

羽真真人这几年来足不出观，年复一年只是阅读武学通史，钻研各家门派的武功与它们的破绽，希望发扬光大全真教的武学。羽真检查了一下死者们的伤势，就坐在一旁不住思考。羽虚最沉不住气，先问道："师兄，你可查出什么端倪了吗？"羽真回答道："这些人好像都是来自离终南山不远的荡良山的。我刚刚感到奇怪的就是这三个人……"手指指着有伤痕的三人，"他们是被失传已久的神器——'雪冰螳螂'所杀，这'雪冰螳螂'是一对儿匕首，杀人只在弹指之间。死者身上只有伤痕，死时不会有任何苦楚。"顿了顿，又接着道："其余那些人的死法就更奇怪了。他们好像都是沉浸在幸福中然后突然猝死的，你看，他们脸上仍然挂着微笑……能以这种方式杀人的只有：《笑登极乐曲》。"他一字一顿地说道。

其余三人都是倒吸了一口凉气，《笑登极乐曲》他们都是听师父说过的。当年师父也曾对他们讲过此曲的可怕之处——能让人在幸福与快乐中猝然奔黄泉。羽林仍旧记得师父讲述《笑登极乐曲》时的难以掩饰的害怕神情，以及他手中和眉间渗出的密密的汗水。

羽清小心翼翼地问道："这《笑登极乐曲》不是早就绝迹江湖了吗？"羽真仰起头来，缓缓说道："是，但……那只是传说罢……"话音刚落，羽林就指向云水亭内桌上的一个空酒壶。羽真急急奔去，发现酒壶下压着一张字条。

只见字条上写道：

空山扰清静，只因儿时性。
太乙依旧清，云水寻常萦。
行路喜盈盈，不敢惊幽月。
枣亭入亭早，道临如临道。
天有情亦老，人生何知晓？

第32章 电光火石智脱身

流水淙淙，欢快地在岩石上击打着，发出“丁丁零零”清脆的声音。被拍打起的一朵朵小浪花，弹起三寸高，落在一张惨白修长的俊脸上，惹得那人连声咳嗽数声。

“啊，好凉！”那人猛地坐起。正是楚门五公子——楚庄云！

楚庄云迷糊地摇了摇头，觉得稍微清醒了一些。他尝试着吸了一口真气，只觉得小腹仍旧隐隐作痛，却觉得没有任何其他的异状。楚庄云慌乱的心情微微平静了些。他盘起腿，两脚背朝上，两手放在腿上，两手心也朝上，缓缓吐出一口气，暗运周围内力。猛然间，楚庄云只感到一阵恶心，觉得头脑发晕，腹中翻江倒海——丹田内空荡荡的，什么也没有了！

楚庄云只觉得天旋地转，自己好像又要晕过去了。心中忖道：不会的，肯定不会的。一定是我刚刚没有能够静下心来。对，师父告诫过我说：只有静下心来，才能感受到真气。

于是楚庄云又按照龙城真人教的方式重新提起真气，但丹田处仍旧是空荡荡的。

楚庄云绝望地跌在地上，一时语塞。只觉得天地之间任何愁苦悲痛加在一起也不会使他这么痛苦。楚庄云从小就是个坚强的孩子，是一个即使双亲打骂，抑或是摔得头破血流，也不会轻易落下一滴眼泪的孩子。

可在这个时候，楚庄云清晰地感受到自己脸上两行无助的泪水，顺着他的脸颊，打湿了他的衣袖。

“嗯，我这是怎么了？怎么就这样的……哭了？”楚庄云苦笑一声，挥袖拭去了泪渍。手放到腰间去摸索，令他有一点欣慰的是——光日辉月箫还在身上。楚庄云顺手抽了出来，握在手中仔细端详，箫仍旧碧玉剔透，却失去了原来在白昼应有的寒水泷沙般的颜色。楚庄云回想起师父曾跟他说过：“庄云，这光日辉月箫不是一般的普通玉箫。若是持箫者内力充沛，此箫在白昼之时便可焕发出幽月星辰之色，在黑夜时便可释放出璀璨夺目的光辉！这也是这把箫名字的由来。反之，若是持箫者内力浅薄，说明他造诣尚浅，不足以驾驭光日辉月箫，因此它不会散发出任何颜色。”

“内力浅薄，造诣尚浅……内力浅薄，造诣尚浅？内力浅薄，造诣尚浅！”楚庄云悲极反笑，从地上猛地坐了起来，撕心裂肺地仰天长啸道：“当真是我‘内力浅薄，造诣尚浅’？哈，哈，哈……”声音只在树林近处反复传响，不一会儿后便断绝了，楚庄云终于承认自己的内力确实尽失了。楚庄云胸中一口怨气释放不出去，挥起手中玉箫，一套“达摩剑法”挥舞的虎虎生威。楚庄云心中一凛，微微改变手法，一套完整完美的“邯郸六剑”、“昆仑十八盘”、“卧龙三十六式”等

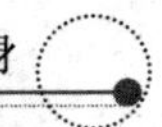

剑法呼之欲出，楚庄云舞得行云流水。楚庄云在黑暗中找回一丝慰藉：外功招式倒是丝毫没丢。

楚庄云看着水中自己的倒影，不禁再次陷入沉思：我现在该怎么办？继续前进荡寇吗？不可能的事啊，我的外功虽然没丢，但内功已然尽失，成了半个废人，白虎谷已经够受的了，后面的路不知道还能不能继续走下去……走下去吧，大不了追随那个书生一齐赴黄泉。也是，人生苦短，王右军也写过："况修短随化，终期于尽。"人生就是一场梦，起起跌跌，如波浪般大起大落，最终都得在奈何桥上将那孟婆汤一饮而尽，将前世功过一并忘却。好不痛快！楚庄云猛然抬起头来，嘴角微微上扬，呆呆地望着前方不说话。

电光火石之间，楚庄云脑海中浮现这样一个画面：宣府城内人心惶惶，大街集市上横尸遍野，宣府变成了一座死气沉沉的死城。蒙古兵用箭矢和大砍刀毫不费力地打破了宣府的城门。三哥在血泊和无数具尸体中再也撑不下去，缓缓倒下。狞笑着的洪蒙成，流尽自己最后一滴血的三哥，呼儿唤女的宣府百姓……这简直就是人间地狱！

楚庄云像是被雷电击中一样，猛然抽搐一下。半晌，他又像是决定了什么似的，大喊道："不行！我死不足惜，只是苦了全宣府乃至全天下的百姓，我又怎么能辜负圣上对我的期望？"

说着甩了甩袖子，自言自语道："我一定要回去，要找到能够治疗鼠疫的药师和草药。"大步流星地向前跨了一步。

"且慢，臭小子就想这么一走了之？"一个尖锐刺耳的声音在楚庄云背后响起。

楚庄云内心“咯噔”一下，猛然回头，只见一位身着青衣，尖嘴猴腮的瘦高男子笔直地站在楚庄云背后，冷冷地盯着楚庄云。

楚庄云也是“嘿嘿”冷笑，毫无怯意地望着那男子的眼睛，嘴角微微抖动，说道：“哦？庄云倒要请教阁下。”瘦高男子鼻子吭了吭气，用一种金属般刺耳的声音说道：“哈，实话告诉你吧。我姓刘，单一个斗字。怎么样，怕了吗？”

楚庄云又是“嘿嘿嘿”一阵冷笑，然后故意使劲摇了摇头，并大声说道：“不认识。我认识很多姓刘的，河南百花门的老拳师刘心义啦，湖北天地门的掌门刘宇乾啦，陕西神醋拳的创始人刘文建啦……就是没听到过你刘斗的名字。”刘斗顿时大怒，喝道：“混账东西，胆敢不认识我刘斗的堂堂大名。那你还在江湖上混什么混？”话音刚落，刘斗动手便打，一记劈山掌法中的“泰山压顶”朝楚庄云的顶门罩去。“泰山压顶”这招半实半虚，运用者须得完美地运用发挥自己的内力，才能将这招的效果发挥到极致。

楚庄云先是皱了皱眉头，然后脚下移动着“大江东去”的步法，一举越过刘斗，右手顺势疾点刘斗后背“命门”穴。刘斗身法笨拙，只觉得眼前楚庄云如翩若惊鸿般一闪而过，随后便觉得自己的脊柱上钻心的痛。

刘斗又是怒喝一声，慌忙跳开，暗自运了运真气，却发觉没有任何异常，内心十分纳闷，不知道楚庄云在搞什么鬼。他虽是粗人，但他也晓得：楚门老五的内力可谓举世无双，即使是杀人也从来不会见血，只会用暗劲折磨对方。但今天他刘斗竟然逃过一劫，真是命大。

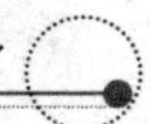

刘斗不禁嘀咕了一句："这臭小子到底在干什么？不会耍了什么花招吧？"

楚庄云也只是距离刘斗一段距离不敢靠前，害怕刘斗这种浑人突然偷袭。他内功已失，只凭外功精妙是无论如何也打败不了刘斗的。楚庄云右手刚刚被刘斗的内力反击所伤，只觉得右腕上隐隐作痛。楚庄云暗皱眉头，心中忖道：当务之急是想办法脱身，再这么纠缠下去，等到他们援兵到来，我楚庄云可就葬身这魑魅山里了。嗯……这该如何是好呢？

两人只是死死地盯着对方，但谁也不敢轻举妄动。倒是楚庄云先开口打破僵局："刘斗，你是不是感觉身上没有什么异样？"然后故意将目光扭到别的地方去，以示不在乎的样子。

刘斗心中盘算道：听这臭小子这么说，看来他还真是故意的了。当下斜眼观察楚庄云的神色，发现他根本就不屑一顾，心中更是深信不疑，恶狠狠地说道："嚇，姓楚的臭小子。有种我们就光明正大地打一架，用内力伤人算什么英雄好汉？"

楚庄云却仍是悠闲地看向别处，不置可否。刘斗更是心急如焚，提高了声音的音量，说道："没想到楚门竟然会使用下三滥的手段，真是卑鄙无耻！"

楚庄云心下暗喜，估摸着刘斗已经中计，便扭过头来说道："瞎喊什么喊，不如这样吧。我呢，敬你是条汉子（楚庄云心中暗想：就你这样，算什么好汉了），我也不为难你。不如我们做个交易：我告诉你治疗的方法，你放我走，如何？"

刘斗心中暗暗一惊，但随即释然，想都没想就装作大度地摆摆手，说道："嗯，只要你肯告诉我解法，我就放你一条生路。"

楚庄云只觉得暗暗好笑，装模作样地思索了一会儿，然后又装作迫不得已而妥协道："好吧。君子一言……"刘斗马上接道："快马一鞭！"楚庄云道："好爽快！刘斗，你这'病'不难治，只需每天辰巳之交躺在泥土中，全身除脸外都用泥土盖住，三日之后，异毒自解。"刘斗思量道：听这臭小子说得这么神乎其神，八成错不了了。当即点了点头，说道："好吧臭小子，这次算你运气好。你走吧！"

楚庄云微微一笑，脚下又操着"大江东去"的步法向前疾驰而去……留下自以为占到便宜的刘斗呆在原地痴痴地发笑。

楚庄云知道自己是顺着这小溪漂流下来的，因此他沿着小溪一路狂奔。不多会儿，楚庄云就觉得力不从心，不禁放慢了脚步，他暗自神伤道：唉，内力尽失后。连这么点距离我都跑不动，我还有什么用呢？眼睛里不仅流露出悲哀的神色。连带周围的翠林幽竹也一并悲伤起来。

楚庄云就这样走走停停了一段时间，途中确实无人加以阻拦。夕阳的落日余晖洒遍大地时，楚庄云终于又望到一个熟悉的标志——镌刻着"白虎谷"的石碑。

楚庄云暗自舒心，稍稍歇息一会儿，回忆刚刚发生的一幕幕，只觉得触目惊心，仿佛从地狱深渊中重新爬回来一般。他暗自低吟道："'人生到处谁非客，得意江湖便是家'，可是我的'家'呢？它到底又在哪里？"

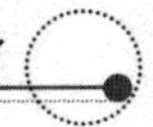

一个苍老的声音忽然响起："年轻人，你这么年轻，还能有什么想不开的烦恼啊？"

（第一卷完）